光文社文庫

長編推理小説

特急「しなの21号」殺人事件

西村京太郎

光　文　社

目次

第一章　凶のくじ

1

五月十五日の朝、東京の井《い》の頭《かしら》公園で、男の死体が発見された。

公園内の池の近くである。

年齢は、三十五、六歳。身長一七五、六センチで、やや、痩《や》せぎみのサラリーマン風だった。

うすいブラウンの背広、白のワイシャツ、ネクタイはしていない。

背中を三カ所刺され、その一つは、心臓にまで達していた。

凶器のナイフは、見つからない。犯人が、持ち去ったのか、或《ある》いは、傍の池に投げ捨てたのだろう。

十津川《とつがわ》たちは、死んだ男の身元を知るために、背広のポケットを探った。

上衣の内ポケットに、財布と運転免許証が入っていた。

赤い革財布には、二万八千円が入っており、免許証の名前は、河野久志《こうのひさし》、三十六歳だった。

住所は、調布《ちようふ》市内のマンションである。

これで、身元が、わかったことになる。

更に、刑事たちが所持品を調べていくと、上衣の外ポケットから、白い紙切れが出て来た。

それを、十津川は、広げてみた。

「何ですか？」

と、亀井《かめい》刑事が、のぞき込んだ。

「おみくじだよ。善光寺《ぜんこうじ》のおみくじだ」

と、十津川はいった。

「善光寺というと、牛に引かれて――という長野の善光寺ですかね？」

「そうだろう」

「それで、おみくじには、何とあるんですか？」

「凶だよ」

「凶ですか。まあ、殺されたんだから、これ以上の凶は、ありませんね」

「待ち人来《きた》らず。仕事はうまくいかず。健康は、胃病に注意。そして、北東は危険、注意とあるよ」

「さんざんな内容ですね」

と、亀井は、苦笑してから、

「しかし、わかりませんねえ」

「何がだい？」

「私が、もし、善光寺へ行って、そんな、凶のおみくじを引いたら、お寺の樹の枝に結びつけてしまうか、捨てて来ますよ。仏さんは、なぜ、こんな凶のおみくじを、後生大事に持っていたんですかねえ」

と、亀井はいった。

もっともだと、十津川は思った。

十津川は、普通の占いは興味はないが、旅行先で、神社や寺に行くと、おみくじをよく引く。それが楽しいからで、書かれていることを信じるからではない。それでも、たまに凶が出ると、捨ててしまうことが多かった。

だが、この被害者は、凶のおみくじを、なぜ後生大事に持っていたのだろうか？

大吉なら、持っていても、おかしくはない。時々、それを読んで、元気付けられるからだ。

だが、凶は、不自然だ。

「私は、小吉でも、捨ててしまいますよ。凶なんか、その場で破り捨てますね。何の役にも立ちません」

と、亀井はいった。

「普通、凶というのは、おみくじの中に入れておくものかね？」

と、十津川はいった。

「前に、それを調べたことがあります。凶なんか無しにしておいた方が、引いた人間が喜ぶんじゃないかと思いましてね。いくつかの神社や、お寺に聞いたんですが、どこでも、おみくじの中に、少ないパーセントですが、凶は入れておくという返事でした」

と、亀井はいった。

「なぜだろう？」

「信用の問題があるんじゃありませんか。大吉や、中吉ばかりでは、信用されなくなるし、おみくじを引く方も、スリルがなくなるんだと思いますね」

「そうか。結果がわかっていたのでは、引く方が面白くないか」

「そう思います」

「凶は、何パーセントくらい、入っているものなんだろう？」

「私が調べたときは、〇・一パーセントから、せいぜい、〇・三パーセントという返事でした」

「千本引いて、一本か、三本までか」

「そうです」

「じゃあ、この仏さんは、すごく運の悪かった人間なんだな」

十津川は、改めて、死体に眼をやった。

凶のおみくじを引き、その上、殺されてしまった。これ以上、運の悪い人間は、いないだろう。

だが、おみくじの話は、ここで終りになった。

凶のおみくじは、珍しいといっても、いくら眺めていても、犯人が浮んでくるわけではなかったからである。

井の頭公園の外の道路に、赤いポルシェ９１１が、とめてあるのが見つかった。

車内にあった車検証から、殺された被害者の車とわかった。この車に乗って、調布から、この井の頭公園に、やって来たのだろう。

「被害者のマンションへ行ってみよう」

と、十津川は、亀井に声をかけた。

2

京王《けいおう》線調布駅から、京王多摩川《たまがわ》に向って、十二、三分歩いたところに、問題のマンションがあった。

部屋は、全《すべ》て2DKだが、珍しく、駐車場付きである。

管理人に聞くと、部屋代は十八万円だという。それが、安いのか、高いのか、わからない。

その502号室を、管理人に開けてもらって、十津川と亀井は、中に入った。

「仕事は、カメラマンか？」

と、十津川が呟《つぶや》いたのは、棚に、ライカや、ハッセルブラドといった高級カメラが並び、壁には、等身大に近くまで引き伸ばしたヌード写真が、二枚、パネルにして、飾られていたからである。

2DKの一室の半分を改造して、現像などに使っていたが、プロのカメラマンという感じは、して来なかった。

カメラも、ライカのM6と、ハッセルブラドがあるだけで、現像されているフィルムも、プロにしては少な過ぎた。

もう一つ、現像、引き伸ばした写真は、ほとんど、女のヌード写真である。今はやりのボンテージ写真もある。

「何をしている人なの？」

と、十津川は、入口のところにいる管理人に、きいた。

「今年の三月まで、R銀行にお勤めでしたよ」

と、管理人がいう。

「三月までというと、今は、R銀行を辞めていたのかね？」

「そうみたいですよ。最近は、真っ赤なスポーツカーを乗り回したり、六本木《ろっぽんぎ》あたりで、よく、飲んだりしているようです」

と、管理人がいう。

「よく知っているね」

と、亀井が、笑いながら、いうと、

「よく、夜おそく、クラブの女の子を車に乗せて、帰って来ましたもの」

と、答えが返ってきた。

「飲酒運転か」

「一度、マンションの前の電柱に、酔ってぶつけたことがありましたよ」

「そんな生活をしていたところをみると、金を持っていたのかね？」

と、十津川はきいた。

「河野さんは、父親が死んで、遺産が入ったから、窮屈なサラリーマン生活から足を洗ったんだと、いっていましたが」

「遺産がね」

と、十津川は呟いた。

十津川と亀井は、机や、タンスの引出しなどを調べていった。

もし、莫大《ばくだい》な遺産を受け取っているのなら、定期預金、債券、金《きん》、宝石といったものがあるに違いない、と思ったのだ。

だが、どこを調べても、何も見つからなかった。

預金通帳も、現金も、債券も、金も、見つからない。

「銀行の金庫に、預けてあるんじゃありませんか？」

と、亀井がいった。

「もし、そうなら、彼が勤めていたR銀行に、預けているかも知れないな」

と、十津川はいった。

どうせ、R銀行に行って、勤めていた頃の河野について聞くことを考えていたから、十津川と亀井は、R銀行調布支店に廻ってみた。

かなり大きな支店である。

河野は、この支店で、貸付課長代理をしていたという。

十津川は、広田《ひろた》という支店長に会って、銀行員だった頃の河野について話を聞いた。

「あまり仕事熱心じゃありませんでしたね」

と、広田は、笑ってから、

「ただ、そのせいで、バブルの時代、野放図な貸出しもしなくて、うちの支店は、損害が少なくてすみましたが」

「何年、R銀行に、勤めていたんですか?」

と、十津川はきいた。

「十二年じゃありませんかね。この支店には、五年六カ月です」

「今年の三月に辞めていますが、理由は、聞かれましたか?」

「一身上の都合というだけで、本当の理由は、いいませんでしたね。ただ、いろいろと噂《うわさ》はありました」

と、支店長の広田はいう。

「どんな噂ですか?」

「女性問題だとか、借金のせいだろうとかね」

と、広田は笑う。

「女のことや、借金で、何か問題を起こしたことがあるんですか?」

と、亀井がきいた。

「ありますよ。彼は、なかなか美男子で、女好きですからね。クラブのホステスが、ここまで、乗り込んで来たことがあります」

「借金の方は?」

「バクチはやらなかったようですが、今、いったように、女に金を使って、かなりの借金をしていたみたいなんです。三月に辞めたときは、どうしても、借金を払わなくてはならなくなって、銀行を辞め、退職金で払ったんじゃないかと、思っているんですがね」

と、広田はいった。

「河野さんは、父親が死んで、その遺産が入ったと、周囲の人に、いっていたみたいですが、そんな話を、聞かれたことがありますか？」

十津川がきくと、広田は、眉《まゆ》を寄せて、

「彼の父親は、確か、千葉の西船橋《にしふなばし》で、地方公務員をしていると、聞いたことがありますよ。市役所の課長さんとか。そんなに、資産家じゃないはずですがねえ」

「河野さんは、この銀行に、貸金庫を持っていませんでしたか？」

「うちにですか？」

「ええ」

「調べてみましょう。私が知る限りでは、持ってなかったと思いますがねえ」

と、広田はいい、支店長室を出て行ったが、戻ってくると、

「やはり、持っていませんね」

と、十津川にいった。

「彼の退職金は、いくらだったんですか？」

「十二年、勤めましたからね。約五百万の退職金が、支払われたはずです。共済組合の分と、一緒にしてです」

「その金額に、間違いありませんか？」

「細かいところは違っているかも知れませんが、五百万に、すこし少ない額であることは、間違いありませんね」

と、広田は、はっきりといった。

（ちょっと、変だな）

と、十津川は思った。

五百万の退職金を、まるまる手にしたとしても、ポルシェ911を買ったり、ライカや、ハッセルブラドを買い、一カ月十八万円のマンションに住んで、毎日のように遊べるものだろうか？

十津川が考え込んでいると、広田は、

「本当に、河野クンは、殺されたんですか？」

と、確かめるように、きいた。

「殺されました」

「なぜ、殺されたのか、その理由は、わかっているんですか？」

と、広田がきく。

「いや、それを、今、調べているところです」

「河野クンは、今年の三月に、自分から、退職しています」

「ええ」

「河野クンは、こんなことになって気の毒とは思いますが、現在は、当銀行とは何の関係もありません。そのことは、覚えておいて頂きたい」

「わかりました」

と、十津川は肯《うなず》いた。

3

夜になってから、十津川と亀井は、六本木の「艶」というクラブに出かけた。河野の部屋を調べた時、机の引出しに、この店のホステスの名刺が、三枚ほど、入っていたからである。

雑居ビルの地下で、ホステスが、十五、六人いる中ぐらいのクラブだった。十津川が行ったとき、客が、五、六人いたが、客ダネはいい感じだった。ということは、かなり高い感じの店である。

十津川と亀井は、名刺にあった、可奈子《かなこ》というホステスに会った。

彼女は、まだ、河野の死を知らなくて、亀井が話すと、別に驚きもせず、

「そうなの。河野ちゃん、殺されたの」

と、肯いていた。

「何だか、殺されたのが当然みたいな、いい方だね」

と、十津川はいった。

「当然とは思わないけど、無茶やってたから、そのうち、痛い目にあうと思ってたのよ」

「無茶というのは、酔っ払って、ポルシェを運転して、電柱にぶつけたりしたこと？」

「それもあるけど、どこで儲《もう》けたのか知らないけど、金使いが荒かったしね」

と、可奈子はいった。

「どんな風に、荒っぽかったのかね？」

「日頃、大金を持ち馴《な》れない人が、急にお金が入ると、見せびらかすようにして使うじゃない？　あんなことをしてたら、いつか、強盗に襲われるわよって、いったことがあるの。河野ちゃん、強盗に襲われたんでしょう？」

そうと決めてしまったような、いい方だった。

彼女に、反論しても仕方がないので、十津川は、

「いつ頃から、彼は、ここへ飲みに来るようになったの？」

と、きいた。

「三月頃だったかな」

「それまでは、一度も、来たことがない？」

「ええ」

「初めて、来た時のことを覚えてる？」

「よく覚えてるわ。何だか、冴《さ》えない感じで、ひとりでやって来たの。こういう高いクラブには、馴れてない感じだったわ。あんまり、いいお客じゃないなと思ったわね。でも、少し、お酒が回ってきたら、彼、威勢よく、札びらを切り出したのよ。それで、みんな、大歓迎」

「なるほどね」

「それから、毎日のように、やって来たわ。ポルシェに乗ってね」

「来る度に、札びらを切ったのかね？」

　と、亀井がきいた。

「ええ。バブルがはじけて、いいお客が少なくなっていたから、河野ちゃんは、ママも、大歓迎だったわ」

　と、可奈子はいった。

　その顔を、十津川は、じっと見ていたが、

「河野さんの部屋に、大きなヌード写真がかかっていたが、あれは、君だね？」

「ええ。百万くれたから、ヌードを撮らしてあげたわ」

「彼は、ずいぶん、この店で、お金を使ったみたいだけど、よく、そんなお金があったね」

　と、亀井が、可奈子に声をかけた。

「河野ちゃんは、宝くじの一等に当ったとか、遺産をもらったといってたけど――」

「信じなかった？」

「刑事さんなら、そんなおとぎ話を信じる？」

可奈子は、逆に、きき返して、ニヤッと笑った。

十津川は、苦笑してから、

「じゃあ、君は、どうして、彼が、お金を沢山持っていたと思っているのかね？」

「きっと、悪いことをして、儲けたんだと思うわ。だから、あんなに、派手に使ってたんだと」

「そのお金を、彼は、どうやって、保管していたんだろう？　銀行に預金するとか金《ゴールド》に換えるとか、株を買うとか――」

と、十津川がいうと、可奈子は、途中から、手を振って、

「銀行なんか、信用してなかったわ。株もね」

「しかし、彼は、以前、R銀行に勤めていたことがあるんだよ」

「知ってるわ。河野ちゃんも、いってたから。でも、銀行で働いてたから、銀行を信用できないんだって」

「じゃあ、彼は、現金で、家に隠していたのかね？」

「そうだと思うわ」

「しかし、彼の部屋を調べてみたんだが、どこにも、札束は、隠されてなかったがねえ」

と、亀井がいった。

「あたしが、あの部屋でヌードを撮ったとき、トイレの水槽の中に、ポリ袋に入れて、一千万くらいの札束を隠してあったわ」

と、可奈子はいった。

亀井が笑って、

「そういう所は、全部、調べてみたよ」

「じゃあ、盗《と》られちゃったんじゃないの？」

（盗られた？）

十津川は、考え込んだ。

河野を殺した犯人は、その足で調布のマンションに行き、奪ったキーで中に入り、河野の隠していた現金などを、持ち去ったのではないだろうか⁉

被害者のポケットには、キーホルダーが入っていて、車のキーなどもついていたが、今から考えると、マンションのキーは、ついてなかったのだ。

だから、502号室は、管理人に開けてもらったのである。

と、すると、マンションのキーは、犯人が奪い取って、昨夜の中《うち》に部屋に入り、金を盗って行ったのではないのか。

4

十津川は、店のママや、マネージャーたちにも、河野について、きいてみた。

彼等の話も、だいたい、可奈子のいうことと同じだったが、十津川は、箇条書きにして、手帳に書き止めた。

○河野は、いつも、ひとりで店にやってきた。

○支払いは、一万円のピン札の時もあれば、古い一万円札のこともあった。

○あまり乱れない酒だが、ある量を超えると、突然、酒乱になる。ホステスの一人が、その時、河野に、いきなり殴られて、怪我《けが》をしたことがある。

○河野は、女好きで、ホステスの誰《だれ》彼なく口説いていたが、一番若い、みゆきというホステスだけは、敬遠していた。みゆきは、理由がわからないというが、他のホステスは、きっと、あんたが堅いからよ、という。

十津川は、これだけ書き終ると、改めて、可奈子に向って、

「河野さんは、縁起をかつぐ方だったかね？」

と、きいた。

「縁起って、どういうこと？」

「例えば、神社なんかに行くと、おみくじを引いて、吉とか凶とかを、気にする方だったかね？」

「そうねえ、気にする方だったと思うわ」

「その場合、凶を引いたら、彼は、どうするだろう？　じっと、持ってるかね？」

と、十津川はきいた。

「凶のおみくじなんか、じっと、持ってるもんですか。小吉だって、怒って、破り捨てるはずだわ」

「そんなことがあったのか？」

と、亀井がきいた。

「ええ。よく、無人ボックスで、お金を勝手に入れて、十二支別のおみくじを引くのがあるでしょう？　この六本木にも、あれが置いてあって、河野ちゃんが引いたことがあったの。小吉で、あまりいいことが書いてなかったのよ。そしたら、歩きながら、ライターで火をつけて、焼いてしまったわ」

と、可奈子はいった。

十津川と亀井は、店の人に礼をいって、武蔵野《むさしの》署に帰った。

署には、「井の頭公園殺人事件捜査本部」の看板がかかった。

壁には、井の頭公園周辺の地図が、貼《は》り出された。

死体の発見された井の頭公園も、被害者の住んでいた調布のマンションの場所も、書き込まれている。

十津川は、しばらく、地図を眺めていたが、急に、

「ああ、そうか」

と、呟いた。

「どうされたんですか？」

と、亀井がきく。

「河野が持っていた凶のおみくじさ。あれには、『北東は危険、注意せよ』と、書いてあったじゃないか」

「それは、覚えていますが」

「地図を見ると、河野が住んでいた調布から見て、死んでいた井の頭公園は、北東に当るんだよ」

と、十津川はいった。

「なるほど。そういわれてみると、そうですねえ」

「だから、このおみくじは、初めから、河野が持っていたのではなく、犯人が、彼のポケッ

トに放り込んでおいたんだと思うよ」

と、十津川はいった。

「なぜ、そんなことをしたんですかね？」

と、若い西本《にしもと》がきいた。

「そこまでは、私にもわからん。犯人のメッセージなのか、それとも、たまたま、犯人が持っていて、自分の殺した男、不運な奴ということで、凶のおみくじを放り込んだのかもね。第一、凶のおみくじが、今回の事件で、意味があるものなのかどうかも、わからないんだ」

と、十津川はいった。

捜査で、一番、危険なことは、理由のない予見である。

偶然、死体の傍や、被害者のポケットにあったものを、意味があるように考えて捜査を進めていくと、袋小路に入ってしまう。

だから、十津川は、今のところ、凶のおみくじには慎重だったのである。

確かに、殺人の現場は、北東にあったが、これは偶然かも知れなかった。

十津川は、まず、被害者の人間関係を、調べることにした。

解剖結果から、死亡推定時刻は、五月十四日の午後十一時から十二時の間と、わかった。

つまり、被害者河野は、夜おそく、わざわざ、車で、井の頭公園まで出かけて行ったことになる。

行きずりの犯行のはずはなく、顔見知りと考えていいだろう。

と、すれば、被害者の交友関係を調べていけば、自然に、容疑者が、浮んでくるかも知れない。

十津川は、河野の部屋から持ち帰った手紙、名刺を、丁寧に見ていった。

中年の男性にしては、意外に少ない数である。

R銀行の貸付課長代理を続けていれば、当然、仕事関係でいろいろな人間と、つき合いが生れるのだろうが、どうやら、銀行を辞めてから、つき合いは、やめてしまったらしい。

名刺は、全部で、十二枚。その中、三人は、クラブ「艶」のホステスのものだから、残りは、九枚である。

その中には、ポルシェ911を買ったときに知り合ったと思われる、外車輸入会社の課長の名刺もあったりした。

その一枚一枚の相手を、十津川は、部下の刑事たちに調べさせることにした。一番興味を持ったのは、次の名刺だった。

〈M・Aデザイン工房　牧原《まきはら》　麻美《あさみ》〉

住所は、港区南青山《みなみあおやま》のマンションで、電話番号も書かれてある。

別に、その名刺の肩書きや、氏名に、関心を持ったわけではなかった。

十津川が、興味を持ったのは、その名刺の裏側に、

〈豊田《とよだ》　みち子《こ》〉

と、ボールペンで、書かれてあったからである。

被害者、河野が書いたものを調べてみると、豊田みち子と書いたのは、間違いなく、河野の筆跡である。

なぜ、河野が、別人の名前を、その名刺の裏に書いたのか。十津川は、それに、興味を持ったのだった。

十津川も、メモ用紙が手元になくて、とっさに、前にもらった名刺の裏に書いてしまうことがある。

これも、同じだろうか？

十津川は、名刺の表に印刷された牧原麻美に、取りあえず、電話をかけてみることにした。

腕時計を見ると、昼少し前である。

(この時間なら、多分、仕事をしているだろう)

と、思い、電話をかけた。が、相手は、出なかった。

一時間ほどして、もう一度、かけてみたが、同じである。

午後二時を過ぎると、他の名刺の人物に当っていた刑事たちが、次々に戻ってきた。

どの報告も、かんばしいものではなかった。名刺の人間には、それぞれ、アリバイがあり、容疑から外れてしまったからである。

「残りは、その一人ですか？」

と、亀井が、十津川の持っている名刺に眼をやった。

「いや、二人だよ。裏に、別の女の名前が書いてある」

と、十津川はいった。

「今回の犯人は、女でしょうか？　ナイフの刺し方から考えて、かなり力のある人間に思えますが」

と、亀井がいった。

「いや、今は、女性だって、力があるよ」

と、十津川はいった。

手紙は、三十五通あったが、そのほとんどがダイレクトメイルで、残りは、名刺の人物と同じだった。

手紙の中に、問題の名刺の「牧原麻美」の名前はなかったし、「豊田みち子」の名前もなかった。

それだけに、十津川は、余計に興味を覚え、亀井と、名刺の住所に行ってみることにした。

南青山にある、洒落《しやれ》たマンションだった。壁は赤レンガ造りで、高級ホテルの感じがする。

その403号室に、「M・Aデザイン工房」の看板がかかっていた。

インターホンを押したが、返事がない。管理人に会って、たずねてみると、

「牧原さんは、昼前に、お出かけになりましたよ」

と、いう答えが、返ってきた。

「行先は？」

「わかりません。いちいち、聞くわけには、いきませんから」

と、管理人はいった。

「牧原さんは、ひとりで仕事をやっているんですか？」

と、十津川がきいた。

「そうらしいですよ。いつも、お一人ですから」

「デザイン工房というと、どういう仕事をやっているのかね？」

と、亀井がきいた。

「私にも、よくわかりませんが、家の中のベッドの配置とか、どんなカーテンや、じゅうたんが似合うかみたいなことを、研究する仕事みたいですよ」

「儲かっている様子かね？」

「さあ、どうですかねえ。私は、知りません」

と、管理人は笑った。

「彼女のところに、この人が訪ねて来たことはありませんか？」

十津川は、河野の顔写真を管理人に見せた。

管理人は、手にとって、しっかり見ていたが、

「見たことは、ありませんね。第一、牧原さんのところに、人が訪ねて来ることは、ほとんど、ありませんよ」

「しかし、この男は、牧原さんの名刺を持っていたんですがね」

「そういわれても、見たことがありませんから」

と、管理人はいう。

「今日、外出するとき、牧原さんは、どんな恰好《かっこう》でした？」

と、十津川はきいた。

「服装ですか？」

「いや、何を持っていたか、知りたいんだ。ハンドバッグだけ持って、出かけたんですか？」

「いや、ボストンバッグを持っていましたよ」

と、管理人はいった。

「じゃあ、旅行に出かけたんじゃないのかね？」

と、亀井がきいた。

「そうかも知れませんが、行先は知りませんよ」

と、管理人は、小さく肩をすくめた。

第二章　しなの21号

1

名古屋駅から、長野行の特急「しなの」が出ている。

六両編成で、先頭の1号車が、グリーンである。

1号車がパノラマ展望車になっている車両もあるが、一四時〇〇分名古屋発の「しなの21号」は、古い車両だった。

ウイークデイのせいで、車内はすいている。特に、1号車の中の禁煙席には、三人の乗客の姿しかなかった。

名古屋を出てすぐ、車内改札があった。

その時、車掌の山下《やました》は、三十五、六歳の女性が、禁煙席に、ぽつんと一人で座っていたのを覚えている。

花模様のワンピースに、つばの広い、白の帽子をかぶっていた。帽子そのものが珍しかったから、よく、覚えているのである。

彼女は、終点の長野までの切符を、持っていた。

空いている隣りの席に、山下もよく知っている模様の、ボストンバッグを置いている。山下は、車掌室に戻ってから、あのバッグが、ルイ・ヴィトンという名前だったことを思い出した。

しなの21号は、名古屋を出ると、千種《ちくさ》、多治見《たじみ》、中津川《なかつがわ》、木曾福島《きそふくしま》、塩尻《しおじり》、松本《まつもと》と停車して、一六時五九分に、長野に着く。

どんよりした曇り空で、雨の心配は無さそうだが、名古屋を出て、山間《やまあい》に入って行くと、何となく、うそ寒い感じになった。

冬になれば、雪が多い地帯なのだろう。

一五時二九分に、木曾福島を出る。

山下車掌は、何回目かの車内改札に、グリーン車を廻った。

木曾福島から乗った乗客は、一人だけだった。その時、山下は、何となく気になっていたので、禁煙席の例の女に、眼をやった。

彼女は、窓の外に眼をやっている。つばの広い帽子をかぶっているので、どんな表情をしているのか、わからなかった。

名古屋を出てすぐ、車内改札したとき、彼女が顔をあげたので、理知的な美人だということは、覚えている。

彼女の片手は、隣りの席に置いたボストンバッグに伸びている。

大事なものでも入っているとみえて、指が、ボストンバッグの把手を、しっかり、つかんでいた。

一六時丁度に、塩尻に着く。

一分停車で発車し、次の松本に向う。

塩尻で、グリーンに乗った乗客がいたので、山下は、また、車内改札に廻った。

それをすませて、車掌室に戻りながら、自然に、眼は、あの女に向ってしまう。

女は、窓の方に寄りかかって、眠っているように見えた。

山下は、そのまま、通り過ぎようとして、ふと、足を止めた。

彼女の横にあった、ルイ・ヴィトンのボストンバッグが、消えていたからである。

網棚に眼をやったが、そこにも、のせられていない。

山下が、とっさに考えたのは、女が眠っている間に、盗まれたのではないかということだった。

この中央本線でも、車内の置引きがある。特に、グリーン車の乗客が狙《ねら》われるのだ。

山下車掌は、緊張した顔で、

「もし、もし」

と、女に声をかけた。

だが、起きる気配はない。

「もし、もし、ちょっと、起きて下さいませんか」

と、山下は、軽く、女の肩を叩《たた》いた。

その拍子に、白い帽子が、外れて座席の前に落ちた。

現われたのは、血の気を失った顔だった。

2

松本に着くと、女は、救急車で駅近くの救急病院に運ばれたが、すでに死亡していた。

いや、列車内で、すでに死亡していたのだ。

病院から、死因に不審な点があるということで、一一〇番され、県警捜査一課の安木《やすき》という警部が、部下を連れて、駆けつけた。

「一見したところ、外傷はありません。毒物死と思われます」

と、医者は、安木に話した。

「どんな毒か、わかりますか？」

と、安木はきいた。

「多分、青酸中毒だと思いますね」

「確か、仏さんは、特急しなのに、乗っていたということでしたね？」

「そうです。救急車で、松本駅から、運ばれて来たんですよ。しなの21号のグリーン車に乗っていたと、いっていましたね」

と、医者はいった。

「他殺と、思いますか？」

と、安木は、医者にきいた。

医者は、小さく首をかしげて、

「そういうことは、私には、わかりません」

「車内で、最初に気付いて、救急車を呼んだのは誰ですかね？」

「救急隊員の話では、列車の車掌さんだという話でしたよ」

と、医者はいった。

安木は、終点の長野に着いた特急しなの21号の車掌に、電話してみることにした。

その結果、死んだ女が、ルイ・ヴィトンのボストンバッグを持っていたのに、それが無くなっていることが、わかった。

「長さが、五、六〇センチのボストンバッグで、女の人は、大事なものが入っているとみえて、片手で、しっかり、つかんでいました」

と、電話に出た山下車掌はいった。

「彼女は、ひとりで乗っていたんですね？」

と、安木はきいた。

「そうです。名古屋から乗りました。終点の長野までの切符を持っていました」

「途中で、誰か、彼女の隣りに座りませんでしたか？」

「私が知っている限りでは、いませんでしたね。今日は、すいていたし、特に、彼女のいたグリーンの禁煙席は、すいていましたから」

「彼女の車内での様子は、どうでした？」

と、安木はきいた。

「様子と、いいますと？」

「何か、不安そうに見えたとか、怖がっていたとか」

「わかりません。第一、つばの広い帽子をかぶっていて、顔は、よく見えなかったんです」

と、山下車掌はいった。

しかし、とにかく、ルイ・ヴィトンのボストンバッグが消えていることだけは、確かなようである。

と、すれば、自殺の可能性は、まず、考えられない。

長野県警では、他殺と断定し、松本警察署に捜査本部を置いた。

捜査に当るのは、安木警部以下の刑事たちである。

死体は、司法解剖のために大学病院に運ばれ、安木の手元には、病院から持ち返ったハンドバッグが残された。

白い、小型のシャネルのハンドバッグである。

安木は、その中身を、机の上に出していった。

小さなハンドバッグなので、わずかなものしか、入っていなかった。

財布
名刺入れ
キーホルダー
化粧品
名古屋から長野までのグリーンの切符
ハンカチーフ

着がえなどは、無くなったボストンバッグの中に入れてあったのだろうか。

財布は、赤い革で、これにも、シャネルのマークが入っていた。ふくらんでいて、中身を調べると、二十二枚の一万円札と、小銭が入っている。

名刺入れには、同じ名刺が、十枚入っていた。

〈Ｍ・Ａデザイン工房　　牧原　麻美
　東京都港区南青山×丁目　南青山Ｎコーポ４０３号〉

と、印刷された名刺である。

「東京の人間か」

と、安木は呟いた。

と、すると、長野には、観光に来たのだろうか？　それとも、ビジネスか。

もう一つ、ハンドバッグに入っていたものがあった。

最初、単なる白い紙切れかと思ったのだが、取り出してみると、それは白いおみくじとわかった。

安木は、それを広げてみた。

善光寺の名前のついたおみくじだった。

「凶か」

と、安木は呟いた。

「待ち人来《きた》らず。仕事はうまくいかず。健康は、低血圧に注意――」

と、小声で読んでいったが、急に眉をひそめて、

「北西は危険――だって」

と、いった。

東京から、長野を見れば、間違いなく、北西に当るからだった。

3

夜になった。司法解剖の結果が出た。

やはり、青酸中毒死で、死亡推定時刻は、午後三時から四時の間ということだったが、しなの21号の山下車掌の証言などを考慮すれば、列車が、木曾福島から塩尻の間を走っている間に、死んだとみていいだろう。

もう一つ、わかったのは、被害者の右肩のやや後《うしろ》の部分に注射の痕《あと》があったことである。

青酸を口から呑《の》んだ形跡がないことから、何者かが、背後から、座席越しに青酸を女の右肩に注射したのではないか。

司法解剖した医者の意見だった。

「これで、いよいよ、他殺となったんだが」

と、安木はいって、部下の刑事を見た。

「何か、おかしいことが、ありますか？」

「被害者の財布の中には、二十二万円の札束が唸《うな》っていたんだ」

「大金ですね」

「それなのに、犯人は、財布の入ったハンドバッグは盗まずに、ボストンバッグの方を奪い去っている。なぜかね？」

と、安木はきいた。

「あのハンドバッグは、小さいですからね。大きなボストンバッグの方に、つい、眼がいってしまったんじゃありませんか？」

と、部下の刑事はいった。

「果して、そうかな？」

と、安木は呟いてから、東京の警視庁に電話をかけることにした。

被害者は、東京の人間である。どうしても、力を借りなければならないからである。

安木が、しなの21号の車内で起きた事件の概略を説明したあと、

「この牧原麻美という女について、調べて欲しいのですが」

と、頼むと、

「ちょっと待って下さい」

と、相手はいった。

そのあと、

「武蔵野署に回します」

と、いう。

「この女の住所は、港区南青山ですよ。なぜ武蔵野署に回すんですか?」

安木は、文句をいった。

「とにかく、武蔵野署に回します。十津川という警部が出ますから、今の話を、もう一度、して下さい。実は、武蔵野署で捜査中の事件が、そちらの事件に関係があるかも知れないのです」

と、相手はいった。

三十秒ほどして、中年の男の声で、

「十津川ですが」

と、いう。

安木は、改めて、今回の事件の説明をした。

「牧原麻美というのは、間違いありませんか?」

と、電話の向うで、十津川が、興奮した口調できいた。

「名刺には、そう印刷されていましたよ。同じ名刺が、十枚、名刺入れに入っていましたから、本人だと思いますが」

と、安木はいった。

「年齢は、三十五、六歳。背が高く、理知的な美人ですか？」

「そうですね」

「ボストンバッグは、持っていませんでしたか？」

「それなんですが、列車の車掌の話では、ルイ・ヴィトンのボストンバッグを持っていたのに、それが無くなっています。犯人が、奪い取ったんじゃないかと思っています」

「明日、そちらへ行きます」

と、十津川はいった。

「わかりました」

と、いって、安木が電話を切ろうとすると、十津川は、

「もう一つ、お聞きしたいことがあるんですが」

「何ですか？」

「ひょっとしてですが、殺された牧原麻美は、善光寺のおみくじを持っていませんでしたか？」

と、十津川はきいた。

安木は、そのことは話さなかったので、驚いて、

「なぜ、ご存知なんですか？」

「実は、こちらで殺された河野という男も、ポケットに善光寺のおみくじを入れていたんですよ」

「そのくじは、まさか、凶というんじゃないでしょうね？」

と、安木はきいた。

「そちらも、凶ですか」

と、十津川がいう。

「凶のくじなんて、元来、少ないものでしょう。それを二人の被害者が持っていたというのは、不思議で仕方がありませんがね」

と、安木はいった。

「その通りです。ですから、二つとも、犯人が入れておいたんだと思いますよ。殺したあとで」

と、十津川はいった。

4

翌五月十八日。

十津川は、亀井と、新宿発一〇時〇〇分の特急「あずさ9号」で、松本に向った。

二人は、乗り込んで、自然に、なぜ、牧原麻美が、この列車を使わず、名古屋廻りで特急しなのに乗ったかを、問題にした。

牧原麻美は、東京の人間である。長野へ行くのだったら、新宿発の特急「あずさ」で、松本まで行き、ここで乗りかえるのが自然ではないだろうか？　それとも上越新幹線と信越線を乗り継ぐか。

「彼女の都合なのか、それとも、犯人の指示だったのか。そこが問題ですね」

と、亀井がいった。

凶のおみくじも、わからないことの一つだった。

「犯人は、何か、意味をこめて、被害者に持たせたんだろうかね」

と、十津川はいった。

「もし、そうだとすると、われわれが、あのおみくじについて、何もマスコミに発表しなかったことに、犯人は、いらついているんじゃありませんかね」

「かも知れないな」

と、十津川は苦笑した。

「しかし、今度は隠しておけないんじゃありませんか？　二度も、続いていますから」

「そのことを、長野県警と話し合おうと思っているんだよ。もし、今度も、おみくじについて警察が何も発表しなかったら、犯人がどんな反応を示すか、見てみたいからね」

と、十津川はいった。

一二時四二分、松本着。

駅には、電話で話した県警の安木警部が、迎えに来てくれていた。

パトカーで松本署に着くと、まず、本部長に、あいさつし、安木と十津川は、事件について、話し合った。

安木は、三十五歳だと、いった。

殺された河野や、牧原麻美と、ほぼ同年輩なのだ。

十津川は、昨夜、急遽《きゅうきょ》、牧原麻美のマンションを調べたことを話した。

「１ＬＤＫの部屋ですが、居間は三十畳の広さがあります。それに、南青山ですから、一カ月の部屋代は、二十五万円ということです」

「すると、デザインで稼いでいるということですね？」

「それが、どうも、違うようなのですよ」

と、十津川はいった。

「違うというのは、どういうことですか？」

「三十畳の居間は、アトリエといった方がよくて、マンションや、ホテル、或いは別荘などの室内装飾のデザインを描いたものが並べてありましたが、どうやら、まだ、勉強中という感じなんですよ」

「それなのに、月二十五万円の部屋に住んでいるんですか？　どこから、その金を手に入れていたんでしょう？」

「今のところ、わかりません」

「彼女の経歴は、どういうものなんですか？」

「それも、わかりません」

と、十津川がいうと、安木は、キャリア組の若手というだけに、

「何もわからないんですか？」

と、無遠慮に顔をしかめて見せた。

「どうも、経歴がはっきりしないところがあるんですよ。引き続いて調べていますから、何かわかると期待しているんですが」

と、十津川はいった。

嘘《うそ》ではなかった。牧原麻美の部屋を、隅から隅まで調べたのだが、彼女の経歴を知る手掛りらしいものは、見つからなかったのである。

十津川は、牧原麻美の所持品を見せてもらった。

白い小型のシャネルのハンドバッグに入っていた財布などと、腕にはめていた時計だった。

腕時計も、シャネルだった。

「シャネルの好きな女だったみたいですよ」

と、安木は笑った。

だが、十津川が興味を持ったのは、凶のおみくじの方だった。

二つのおみくじを机の上に並べて、十津川は、安木と比べて見た。

「凶は、全部、同じ文句かと思ったら、違うんですね」

と、先に、いったのは、安木の方だった。

「そうです。二カ所だけ、違っている」

と、十津川もいった。

「こちらのは、『北西が危険』となっているのに、十津川さんが持っていらっしゃったのは、『北東が危険』になっていますね」

「東京の殺人現場は、被害者の自宅から見て、北東に当るんです。そうか。長野は、東京から見て、北西になるんですね」

「だから、十津川さん。これは、犯人からのメッセージじゃないかと思うんですよ。そう思われませんか？」

安木は、気負い込んだ調子で、いった。

十津川は、微笑して、

「同感ですね」

と、肯いてから、

「それで、相談なんですが——」

「どういうことですか？」

「しばらくの間、このおみくじについて、マスコミには内緒にしておきたいと思うんですが、どうですか？」

と、十津川はきいた。

「そうすることで、何か利益がありますか？」

「今、安木さんは、犯人からのメッセージといわれた。私も、そう思います。と、すると犯人は、われわれに、このおみくじのことを発表してもらいたいわけです。ところが、われわれは、何も発表しない。犯人は、どう考えるでしょうかね？」

「いらだつかも知れない」

「そして、何か、ボロを出すかも知れません」

と、十津川はいった。

「それが、十津川さんの狙いですか？」

「ええ」

「面白いことは、面白いですが、こちらには、こちらの考えがあるし、本部長に相談しなければ、返事は出来ません」

と、安木はいう。

「もちろん、そうして下さい」

と、十津川はいった。

5

十津川は、その返事を待つ間に、亀井と、善光寺に行ってみることにした。

牛に引かれて善光寺参りという言葉は知っているが、実際に行くのは、十津川も亀井も、初めてだった。

長野まで、列車で行く。

駅を降りると、さすがに、冬季オリンピックの看板が目立った。そういえば、途中、列車の窓からも、新しい道路建設の景色が見られた。

それで、何となく、ざわついているのだが、長野の街は、松本に比べると、はるかに小ぢんまりとしていて、暮し良さそうだった。

駅前から、タクシーを拾って、善光寺に向った。

善光寺に近づくと、道の両側に、土産物店や、仏像を並べた店などが見えてきて、いかにも、寺の町という雰囲気になってくる。

二人は、タクシーを降り、敷石造りの参道を、本堂に向って歩いて行った。

参道の両側は、泊ることの出来る宿坊が、ずらりと並んでいる。

仁王門《におうもん》を抜け、更に山門をくぐると、独特の形をした本堂が見えた。

境内《けいだい》には団体客があふれ、あちこちに、かたまって、ガイドの説明を熱心に聞いている。年輩の人たちが多いが、若者の姿もあった。

十津川は、亀井と、おみくじの売場に急いだ。

本堂の手前に、大きな授与品所があって、そこで、お守りやおみくじを売っていた。

団体客が、どっと押し寄せてくると、まとめてお守りなどを買うので、戦場のような忙しさになる。

それが一段落するのを待って、二人は、授与品所の中に入って行った。

おみくじは、箱に一杯詰め込まれ、勝手に金を払って、自分で引いていく形になっている。

普通のおみくじが、一枚二百円。血液型別の方は、百円高くて、三百円である。

十津川は、二百円を投げ入れて、一枚、引いてみた。

中吉だった。

十津川は、それと、持って来た例のおみくじを、比べてみた。

「違いますね」

と、亀井が、横からいった。

「ああ、違うね」

と、十津川も肯いた。

念のために、授与品所で働いている女性に、こちらのおみくじを見せた。

「これ、善光寺の名前は入っていますが、うちのおみくじじゃありませんよ」

と、相手は、きっぱりといった。

凶は、どのくらいの割合で入っているのか、聞いてみると、〇・一パーセントぐらいだということだった。

それを考えても、凶が二本も揃《そろ》うことは、まず、あり得ないだろう。

二人は、授与品所の外に出た。

「どういうことなんですかね？」

と、亀井が、本堂の巨大な屋根を見上げるようにして、きいた。

「犯人が、凶のおみくじを自分で作って、殺した男と女に持たせておいたということだろう。これで、いよいよ、犯人のメッセージの可能性が強くなってきたよ」

と、十津川はいった。

「おみくじに善光寺の名前を入れているのは、何の意味ですかね？」

「犯人にとって意味があるのだろうが、今のところ、見当もつかないな」

「殺された河野と牧原麻美にとっても、意味があったんでしょうかね？」

「そのうちに、わかってくるさ」

と、十津川はいった。

犯人が、きっと、何らかの動きを見せてくると、十津川は、確信しているのだ。

「カメさん、お戒壇巡りをしてみるかね？」

と、十津川がきいた。

「それ、何です？」

「私も、何かで読んだだけだがね。あの本堂の床下に、地下の通路があって、そこを、ぐるりと廻ってくると、極楽に行けるといわれているんだよ」

と、十津川はいった。

「面白そうですね」

「とにかく、地下の通路は、真っ暗で何も見えないそうだよ」

と、十津川はいった。

「入ってみますか」

と、亀井がいい、二人で本堂の階段をのぼりかけた時、遠くで、

「十津川さーん！」

と、呼ぶ声が聞こえた。

十津川が、振り向くと、松本署で見た覚えのある県警の若い刑事が、手をあげながら、こ

ちらに向って、駆けてくるのが見えた。

十津川と亀井が階段をおりると、相手の刑事は、息をぜいぜいいわせながら、

「安木警部からの伝言です。すぐ、電話してくれとのことです」

「何か、あったのか？」

と、十津川がきいた。

「私には、わかりません」

と、若い刑事はいい、ポケットから携帯電話を取り出すと、松本署を呼び出しておいて、十津川に手渡した。

「十津川です」

と、彼がいうと、安木が、

「犯人が、反応してきましたよ」

と、興奮した調子でいった。

「どんな反応ですか？」

「そのことで、ご相談したいので、すぐ戻ってくれませんか。本部長も、あなたの意見を聞きたいといっています」

と、安木はいった。

第三章　予告

1

十津川は、亀井と、松本署に向った。

「犯人の反応というのは、どういうことですかね？」

と、車の中で、亀井が、期待と、不安の入り混った顔で、きいた。

「だいたいの想像はつくが、楽しみに、とっておこう」

と、十津川はいった。

松本署では、安木が待っていて、すぐ、本部長のところに連れて行った。

本部長は、十津川に向って、

「中央新聞の田口《たぐち》という記者を知っていますか？」

と、いきなり、きいた。

「知っています。大学の同窓で、現在、中央新聞の社会部記者をやっていますが、彼が、何か？」

「その田口記者が、警視庁捜査一課に電話して来たそうです。十津川さんが、こちらに来ていると知ると、松本署に電話して来て、私が話を聞きました」

と、本部長はいう。

「犯人が、何かいって来たんですね？　中央新聞に」

と、十津川はきいた。

「そうです。多分、中央新聞だけではないと思うのですが、田口さんが、十津川さんの知り合いなので、わざわざ、知らせてくれたんだと思います。これが、犯人から送られて来た手紙の全文だそうです。FAXで、田口記者が送ってくれました」

本部長は、そういい、田口から送られて来たというFAXを見せてくれた。

そこには、ワープロで打ったと思われる文字が並んでいた。

〈オレは、前に、井の頭公園で、一人の男を殺し、今度、特急しなの21号の中で、一人の女を殺してやった。

やみくもに、殺したわけじゃない。それに、オレは、二人を殺したことを、少しも後悔していない。オレは、正義のために、彼等を殺したからだ。彼等は、殺されて、当然なのだ。

なぜ、オレが、彼等を殺したのか、そのヒントを、警察に与えてやろうと思って、オレは、死体のところに、あるものを置いておいた。

ところが、警察は、それを、発表の時に、隠してしまった。最初の殺しの時も、次の殺しの時もだ。多分、それが、何を意味しているか、警察には、全く見当がつかず、恥しいので、発表しなかったのだろう。

警察が、押し隠すので、オレとしては、新聞社に、それを送りつけて、発表してもらうより仕方がなくなった。

それを、同封した。これと同じ凶のおみくじを、オレは、殺した男と女の死体のところに置いておいた。

同封したものは、三枚目になる。それが、何を意味するか、考えてみたまえ。新聞記者は、刑事より頭がいいと思うから、すぐ、わかるはずだ。


〈凶を愛する男〉


十津川は、それを読み了《お》えると、本部長にことわって、中央新聞の田口に電話をかけた。

「君の送ってくれたＦＡＸを見たよ」

と、十津川はいった。

「二時間ほど前に、速達で送られて来たんだ。住所はなかったね。昨日の午後、中央郵便局で投函《とうかん》されたものだということは、消印でわかったがね」

と、田口はいう。

「同封されていたのは、善光寺のおみくじか？」

「そうだ。凶のおみくじだよ。犯人の手紙にあったように、東京と、列車の中で起きた事件では、同じようなおみくじが死体の傍に置いてあったのか？」

と、田口がきく。

「そうだ」

「なぜ、それを発表せずに、警察は隠したんだ？」

と、田口がきいた。

「われわれとしては、それを、犯人のメッセージだろうと考えたんだ」

「それなら、発表すべきだろう？」

「かも知れないが、われわれが、押さえて、発表しなければ、犯人は、いらだって、何か反応するだろうと思ったんだよ」

十津川は、今更、隠しても仕方がないと思い、正直に打ちあけた。

「なるほど。君の思った通り、犯人は、反応してきたというわけか」

「まあ、そうだ。ところで、同封されていたおみくじだが、それも、ＦＡＸで送ってくれないか」

と、十津川はいった。

「それはいいが、うちとしては、この犯人の手紙を、明日の新聞に発表するよ。多分、他の新聞社にも、同じものが送られて来ているに違いないからだ」

田口は、きっぱりと、いった。

「もちろん、新聞が発表するのは自由だよ」

と、十津川はいった。

「一つ、君に聞きたいんだがな」

「どんなことだ？」

「犯人の書いていることは、本当なのか？」

「本当かって？」

「死体の傍に置いておいたというおみくじの意味が、警察はわからないと、犯人は、書いている。そのことさ」

と、田口はいった。

「犯人のメッセージだということはわかったが、メッセージの意味までは、まだ、わかっていないんだ」

十津川は、正直にいった。

「そうか」

と、だけ、田口はいい、電話を切ると、犯人が、手紙に同封して来たというおみくじを、FAXで送ってきた。

間違いなく、同じ、善光寺のおみくじだった。いや、本物の善光寺のおみくじでないことはわかったから、偽造のおみくじというべきだろう。

前の二つと同じく、「凶」だった。

気になる最後の文章は、「南東は危険、注意せよ」と、なっていた。

十津川の表情が、険しくなった。

2

十津川は、それを、本部長と安木に示して、

「第一の殺人の時は、『北東は危険、注意せよ』でした。第二の殺人では、『北西は――』です。そして、犯人が、手紙に同封して来たおみくじでは、『南東――』になっています」

「それが、どうかしましたか？」

と、安木がきいた。

「方向が、違うんですよ」

「それは、もちろん、わかりますが、それが何か意味があるでしょうか？　ただ、単に、犯

人は、こうしたおみくじを、二つの殺人事件で、置いておいたという例として、中央新聞に送りつけたんだと思いますが」

と、安木はいった。

十津川は、強く、頭を横に振って、

「違いますね。手紙の中でも、犯人は、『同封したものは、三枚目になる。それが、何を意味するか、考えてみたまえ』と、書いています。わざわざ、『三枚目』と、断っているんです」

と、いった。

本部長は、急に表情を変えて、

「十津川さんは、三人目の犠牲者が出ると、お考えなんですか?」

と、きいた。

「そうです」

と、十津川は肯いた。

「しかし、今まで、犯人は、殺した死体の傍に、凶のおみくじを置いておいたんですよ。三人目の死体は、まだ、何処にもないでしょう?」

安木は、怒ったような調子で、いった。いい加減なことをいっては困るという表情だった。

「確かに、まだ、三人目の死者は、出ていません。ですから、このおみくじは、予告ではないかという気がしているんです」

と、十津川はいった。

「すると、今度は、犯人が予告に切りかえたということですか？」

と、安木がきく。

「そうです」

「しかし、なぜ、犯人は、急に切りかえたんですか？」

「きっと、われわれの態度に腹を立てたからでしょう。われわれが、犯人のメッセージである凶のおみくじについて発表しなかったので、腹を立て、今度は予告したんだと思いますね。防げるものなら、防いでみろと、われわれに挑戦してきたんじゃないでしょうか」

と、十津川はいった。

「しかし、十津川さん。『南東――』というだけでは、防ぎようがないんじゃありませんか？」

本部長が、溜息《ためいき》まじりに、いった。

「確かに、そうですね」

と、十津川も肯いた。

「殺される人間が、男か女かもわからない。南東といったって、何処から南東なのか？　それに、いつ殺されるのかも、わかりません。これでは、どうしようもありません」

と、本部長はいった。

「南東は、多分、犠牲者の自宅から見てでしょう。今までの二つの殺人が、そうでしたから」

と、十津川はいった。

「しかし、犠牲者が何処の誰かわからないのでは、自宅もわからんでしょう？」

安木が、きく。

「その通りです。ただ、これまでの二人は、いずれも、東京の人間です。三人目も、東京の人間だという可能性が強いと思います」

と、十津川はいった。

「他に、わかることがありますか？」

と、本部長がきいた。

「最初に井の頭公園で殺された河野久志と、特急しなの21号の車内で殺された牧原麻美とは、関係がありました。河野の部屋にあった名刺の中に、牧原麻美の名前が、あったからです。とすれば、三人目の犠牲者も、この二人と関係がある人間ではないかと思うのです」

と、十津川はいった。

「と、すると、東京で調べるより、仕方がありませんね」

と、安木はいった。

「私たちは、これから、すぐ、東京に戻ります」

と、十津川はいった。

3

十津川と亀井は、翌日、早く、帰京することにした。

信越本線で高崎《たかさき》に出て、高崎から、上越新幹線を使うことにした。

午前八時一八分長野発「あさま6号」に乗る。

二人は、座席に腰を下ろすと、長野駅のキヨスクで買った朝刊を広げた。

「出ていますよ」

と、亀井がいった。

〈殺人事件の犯人からの挑戦状〉

と、いう大きな見出しで、田口の送ってくれた、犯人の手紙がのっているのだ。

やはり、犯人は、中央新聞にだけではなく、他の新聞にも、同じ手紙と凶のおみくじを送りつけていたらしい。

十津川と亀井は、別の新聞を買ったのだが、同じ手紙とおみくじがのっていたからである。二紙とも、評論家の談話をのせていた。この手紙とおみくじをどう見るかを、語らせているのである。

二人とも、これは犯人の挑戦状だという点で、一致していた。が、第三の殺人の可能性があるというのは、一人だけだった。

「警部は、やはり、犯人が第三の殺人を予告していると、お考えですか？」

と、亀井がきいた。

「ああ、そう思っているよ」

と、十津川は肯いて、煙草《たばこ》に火をつけた。難しい問題にぶつかると、どうしても、煙草を咥《くわ》えてしまう。

「しかし、向うの本部長もいっていましたが、何処の誰が、いつ、殺されるかわからなくては、手の打ちようがありませんね」

と、亀井はいった。

「これから、東京に帰って、何とか、手掛りをつかむさ」

と、十津川はいった。

もちろん、彼も、それが容易なことではないことを知っている。

一応、東京の人間で、河野久志と、牧原麻美とも、知り合いだろうと見当をつけておいたが、これだって、当っているかどうか、わからないのである。

ひょっとすると、三人目は、東京以外の人間かも知れないのだ。

それに、河野と牧原麻美に、関係があるという保証もないのである。全く、無関係な人間かも知れない。

だが、そんな心配をしていても、仕方がないだろう。

「それにしても、牧原麻美は、なぜ、特急しなの21号に乗ったのかねえ」

と、十津川は呟いた。

「この、特急あさまを使わずにですか？」

亀井が、きいた。

「そうだよ。前にも、カメさんと、なぜだろうかと話したが、その疑問は、相変らず、私の頭の中に残ってしまっていてね」

「確かに、名古屋経由で、長野に行ったというのは、何かありますね」

「犯人に、無理矢理、名古屋経由の方法をとらされたか、或いは、被害者が、いったん、名古屋で降りて、誰かに会ったかだろうがね」

と、十津川はいった。

だが、これも、想像の域を出ないし、殺人と、どう関係があるのかも、わからなかった。

高崎からは、上越新幹線に乗りかえる。

東京駅に着くと、迎えに来ていた西本刑事が、声をひそめるようにして、

「捜査本部に新聞記者が押しかけて、三上《みかみ》部長が、逃げ廻っていますよ」

と、いった。

「新聞報道のことだな？」

「そうです。なぜ、凶のおみくじについて、隠していたのか、もし、警察が、メッセージと思っているのなら、どんなメッセージなのか発表してもらいたいと、要求しているようです」

と、西本はいう。

「それで、三上部長は、記者会見の約束をしたのかね？」

と、亀井がきいた。

「十津川警部が戻ったら、おみくじを使ったメッセージを、どの程度、読み切ったのか、それを聞いてから、今日、記者会見を開くかどうか、決めるといわれています」

と、西本はいった。

「それなら、今日は無理だな。犯人の意図は、まだ、わかっていないんだ」

と、十津川は答えた。

十津川と亀井は、西本が運転して来たパトカーに乗って、捜査本部に向った。

近づくと、なるほど、社旗をつけた新聞社の車が、集っている。

十津川と亀井は、十五、六メートル手前で、車から降りて、裏口から、捜査本部に入った。

捜査本部長である三上刑事部長は、十津川の顔を見ると、ほっとした表情になって、

「ごらんの通り、朝から、記者たちが、押しかけて来ている。聞きたいのは、犯人の仕掛けた例のおみくじのメッセージについてだよ」

と、いった。

「その点で、犯人は、成功したわけですね」

と、十津川はいった。

「君は、あれに、どんなメッセージが込められていると思うかね？」

「正直にいって、わかりません」

と、十津川はいった。

「しかし、君は、それを調べるために、長野へ行ったんだろう？」

「そうですが、今の段階では、これといった解答は見つかっていないのです。殺人の原因に、長野の善光寺が関係していることは、わかりますが」

と、十津川がいうと、三上は、舌打ちをして、

「そんなことは、別に、長野へ行かなくたって、わかるじゃないか」

と、いった。

確かに、その通りなのだが、だからといって、十津川も、いい加減なことは、いえなかっ

た。何しろ、これは、殺人事件だからだ。

「君は、犯人が、第三の殺人の予告をしていると思うかね?」

と、三上はきいた。

「思います」

「なぜ、犯人は、そんなことをしたのかね?」

「自分の行為を、正義だと思っているからでしょう。今までにも、似たような事件がありましたが、いつも、そうです」

「犯人の正義か」

「そうです。思い込みのニセ正義です。殺人が、正義の表現のはずがありませんから」

と、十津川はいった。

「それで、三人目の犠牲は、防げるかね? それが問題なんだが」

と、三上がきく。

「時間がなければ、無理です。これから、必死になって、三人目の人間を特定していきますが、それには時間がかかります。犯人も、簡単には特定できないだろうという自信があるので、予告めいたことを発表したんだと思っています」

と、十津川はいった。

「第一の犠牲者と、第二のそれとは、関係があった。第三の犠牲者も、当然、関係がある人間だと思っているわけだろう？」

と、三上がきく。

「そう思っています。もし、関係がなければ、探しようがありません」

「確か、第一の事件の河野久志について、何人かの人間を調べたね？」

「はい。あの時は、容疑者として、調べました。アリバイをです。今度は、その中に第三の犠牲者がいるかどうか、調べてみます」

と、十津川はいった。

「その中に第三の犠牲者がいれば、いいんだがね」

「いることを、祈っています」

「やはり、第三の犠牲を防げる自信はないかね？」

三上が、念を押すように、きいた。

「ありません。犯人の輪郭も、つかめていませんから」

と、十津川は答える。

「それでは、今日中に記者会見は開けないな。しかし、三人目の犠牲者が出たら、開かざるを得ないだろうな」

三上は、小さく、肩をすくめるようにして、いった。

十津川は、部下の刑事たちを集め、

「何とかして、第三の殺人を防ぎたい。犯人については、ほとんどわかっていないから、犯人から三人目の被害者を見つけ出すことは、今の段階では無理だ。従って、二人の被害者側から探すより、仕方がない。まず、河野についてだが、前に、十二人の関係者を調べた。河野の持っていた名刺が、十二枚あったからだ。この中に、第二の被害者牧原麻美の名刺もあった。だから、名刺の人物の中に、第三の犠牲者が入っている可能性もある。前は、犯人を探すために調べたんだが、今度は、犠牲者を探すために、やってもらいたい。それと並行して、牧原麻美の友人、知人も、調べて欲しい」

と、指示を与えた。

「河野と麻美の二人に、共通する友人、知人がいたら、その人物が、三人目の犠牲者になる可能性がありますね」

と、西本がいった。

「それも、悪くない推理だよ」

と、十津川はいった。

刑事たちが、二手に分れて、河野久志と牧原麻美の関係者を調べに、捜査本部を飛び出して行ったあと、十津川は、亀井のいれてくれたコーヒーを口に運んだ。

「うまくいくと、思われますか?」

と、亀井がきいてくる。

「時間さえ、十分にあればね」

と、十津川は、前にいった言葉を口にしてから、

「だが、多分、犯人は、そんなに時間をくれないと思っているんだ」

と、いった。

犯人は、第一の殺人と、第二の殺人の間に、ほとんど、間を置いていない。

犯人の性急な気質を示しているのか、それとも、犯人の恨みや、憎しみが、激しくて、ゆっくりと行動できないのかも知れない。いずれにしろ、第三の殺人だけ、のんびりと行動するとは思えないのだ。

「犯人の動機は、いったい何ですかね?」

と、亀井が、自分のいれたコーヒーをかき回しながら、きく。

「カメさんは、相変らず、コーヒーに何も入れないんだね」

十津川が、はぐらかすようにいった。

「カミさんにも、娘にも、太り過ぎをからかわれるんですよ。それで、ブラックで飲むようにしているんです」

「娘って、まだ、五歳だろう?」

「それでも、カッコ悪いといいますよ。ところで、犯人の動機ですが」

「憎しみだよ」

と、十津川はいった。

「何に対する憎しみでしょうか？」

「それは、わからない」

「メッセージのおみくじには、何の意味があるんでしょうか？」

と、亀井がきく。

「おみくじ自体に意味があるのか、それとも、凶だということに意味があるのか。それによって、ずいぶん、違ってくるんだがね」

と、十津川はいった。

「しかし、それが、メッセージであることは、間違いないわけでしょう？」

「もちろん。だから、犯人は、自分で凶のおみくじを作り、死体の傍に置いておき、新聞社に送りつけているんだ」

と、十津川はいった。

「とすると、われわれが、まだ、意味をつかみ切れていなくても、被害者には、わかっているはずですね？」

亀井が、いった。

「わかっていなければ、犯人も、苦労した甲斐《かい》がないだろう」

と、十津川はいった。

「そうだとすれば、次に殺される人間は、新聞に、あのおみくじがのったことで、今度は、自分だと考えたんじゃありませんか？」

「怯《おび》えて、警察に助けを求めて来てくれると楽だと、カメさんは、いいたいんだろう？」

「そうです。そうなれば、第三の殺人は防げます」

と、亀井はいった。

「新聞で、呼びかけるかね？」

「悪くは、ありません」

と、亀井はいった。

「それは、捜査の進展具合をみて、本部長に相談してみよう」

と、十津川はいった。

夕方になって、聞き込みに走り廻っていた刑事たちが、続々、帰って来た。

どの顔も、疲れて、冴えない色をしている。これといった収穫がないことは、その顔を見ただけで、わかる感じだった。

河野久志関係の聞き込みを行った西本たちは、十一人に会ったと報告した。

「調べることは、二つに絞りました。一つは、長野の善光寺に行ったことがあるかということ、もう一つは、例の凶のおみくじについて、相手が、どんな反応を示すかでした。もし、相手が、三人目として狙われているのなら、きっと、怯えた表情を見せると思ったのです」

「だが、それらしい反応を見せた人間は、いなかったんだな？」

と、十津川は、先廻りして、きいた。

西本は、溜息まじりに、

「そうなんです。しっかりと相手の顔を見つめて、話を聞いて廻ったんですが、それらしい反応を示す人間は、いませんでした。誰も、自分と、河野や牧原麻美を結びつけて、考えていないようなのです」

「十一人の中に、善光寺へ行ったことのある人間は、いたかね？」

と、亀井がきいた。

「十一人中、二人が、善光寺へ行っていました」

「たった二人か」

「信心のうすい連中なんでしょう」

と、西本がいうのへ、十津川は、笑って、

「私だって、昨日、生れて初めて、善光寺参りしたんだ」

と、いった。

「それで、その二人だが、善光寺では、おみくじを買ったのかね？」

と、亀井がきいた。

「一人は、買ったといっています。その時のおみくじは、中吉だったそうです。もう一人は、おみくじは買わなかったといっています」

「その二人は、善光寺で、何か事件にぶつかっていないのか？」

と、十津川はきいた。

「それを、くわしく聞いてみたんですが、事件にぶつかった記憶は、全くないといっています。嘘をついているようには、見えませんでした」

「その二人は、今回の事件には、関係なさそうだな」

と、十津川はいった。

「警部も、そう思われますか？」

「ああ。もし、何か、心に重いものがあれば、第一、善光寺へ行ったことを、隠すだろうからね」

と、十津川はいった。

牧原麻美の関係者を洗った三田村《みたむら》刑事たちも、同じように元気がなかった。

「全部で、十五人の男女に会って来ました。同じデザイン関係の人間、短大の同窓といった連中です」

と、三田村は、その名前を書きつけたメモを、十津川に渡した。

「それで、この中に、狙われそうな人間は、いたかね？」

と、十津川はきいた。

「疑いのある人物は、ゼロです。これといった反応が、ありませんでした」

と、三田村はいった。

「怯えている人間は、いなかったということか？」

「そうです」

「例のおみくじについては、全員に、聞いたんだろう？」

と、十津川はきいた。

「もちろん、聞きました。しかし、こちらの方は、善光寺へ行った人間は、皆無でした。従って、おみくじにも関心がないといっていましたね」

と、三田村はいった。

聞き込みは、今の段階では失敗だといってよかった。

「カメさん。例のことを、本部長に相談してみるよ」

と、十津川は、亀井に、いった。

「マスコミを使っての呼びかけですね？」

「そうだ。今のところ、第三の殺人を防ぐ方法が、他にないからね」

と、十津川はいった。

彼は、ひとりで、三上部長に会いに行った。

十津川が、マスコミへの呼びかけについて、話をすると、三上は、渋面を作って、

「十津川君。こんな時に、マスコミに借りを作るなんてことが、出来ると思うのかね？」

と、いった。

「いけませんか？」

「マスコミ、特に新聞は、われわれが二つの事件について、凶のおみくじを隠していたというので、非難しているんだよ。記者会見を要求していて、われわれは、それを拒否している。そんな時に、新聞やテレビに頭を下げて、協力してくれといえるかね？」

三上は、不機嫌に、いった。

「わかりました」

と、十津川は、いうより仕方がなかった。

となれば、自分たちの力で、次に狙われる人間を見つけ出すよりない。

十津川は、部下の刑事たちに、引き続いて、河野と牧原麻美の周辺の聞き込みを続行させた。

だが、犯人は、十津川に時間を与えてくれなかった。

第四章　野沢温泉

1

野沢菜で有名な野沢温泉は、古い温泉である。毛無山《けなしやま》の山麓《さんろく》にあるため、温泉街の中には坂が多い。

五月二十日の早朝。

温泉街の土産物店は、まだ、ほとんどが開いてなくて、泊り客の歩く姿もない。

午前七時近くなると、ようやく、がたがたと音がして、土産物店が店を開け始める。出発の早い泊り客が、待っていたように飛び込んで来て、野沢菜などの土産物を買っていく。

その一角、細い路地で、急に悲鳴が起きた。

自転車で新聞配達をしていた少年が、転倒したのだ。

路地に入ったとたん、自転車が、何かに、ぶつかったのである。

少年は、痛さに顔をしかめながら、起き上がり、自分のぶつかったものに眼をやった。

それは、ゆかたに、丹前を羽おった人間だった。

細い路地に、寝そべっているのである。

「しょうがないな。こんなところに寝ちまって」

と、少年は、ぶつぶつ文句をいいながら、寝ている泊り客に近づいた。

中年の男だった。少年は、自転車ごと転倒させられた腹いせに、その男を、小さく蹴飛《けと》ばした。

が、男の身体は動かないし、声もあげない。

「よく、寝てやがるな——」

と、少年は呟いた。が、急に顔色が変ってしまった。

男の倒れている地面に、何か、赤黒いものがあふれて、広がっているのに気がついたからだった。それに、妙な匂いがする。

(血だ)

と、思ったとたん、少年は、ふるえながら、表通りに向って、駆け出していた。

少年の声で、土産物店の人たちが、半信半疑の表情で路地に入って来た。

それから、本当の大さわぎになった。

派出所の警官が、飛んで来た。ゆかたの柄から、N旅館の客らしいとなり、そこのおかみと従業員一人が、駆けつけた。野次馬も、増えてきた。

派出所の警官は、男の背中に刺し傷があることを確認し、県警本部に、すぐ連絡をとった。

N旅館のおかみと従業員は、死んだ男の着ていたゆかたと、丹前、それに、ぬげて転がっていた下駄が、自分のところのものだと確認した。

刑事たちが、やって来たのは、三十分後である。

その刑事たちは、死体を調べ、背中を、三カ所、刺されているとわかった。

安木が、この刑事たちを、指揮して来たのは、安木警部である。

安木が、この事件の担当を命ぜられたのは、特急「しなの21号」内の殺人事件と関連があるのではないかと、本部長が考えたからだった。

と、いうより、例の犯人が予告した第三の殺人ではないかと考えたというべきだろう。

安木は、死体に接するなり、まず、男の羽おっている丹前の袂《たもと》を調べた。もし、例のおみくじが入っていれば、第三の犠牲者だと、思ったからである。

何か、紙のようなものが、安木の指先に触れた。

取り出してみる。

（あった！）

と、思った。

例の凶のおみくじである。善光寺の名前も入っている。

〈南東は危険——〉

と、予告された文章も、のっていた。

安木は、N旅館のおかみに向って、

「おたくのお客に、間違いありませんか？」

と、声をかけた。

和服姿のおかみは、青い顔で、

「フロントにも確かめましたが、間違いなく、私どもに、お泊りになっているお客様でございます」

と、いった。

N旅館は、歩いて、五、六分のところにあった。

安木は、刑事一人と、おかみと一緒に歩いて行き、宿泊カードを見せてもらった。

〈東京都目黒区自由《じゆう》が丘《おか》×丁目×番地
堀《ほり》　永一《えいいち》〉

と、そこには、書かれていた。

この男の泊っていた部屋には、ボストンバッグや、背広などが残されている。

安木は、部下の刑事に、それらの所持品を調べさせておいて、彼自身は、旅館のフロント係や、仲居に、この客の様子を聞くことにした。

堀が、このN旅館にやって来たのは、一昨日の五月十八日の午後三時半頃である。

予約は、二十一日までだった。

「外から電話が入るかも知れないから、入ったらつないでくれと、おっしゃっていました」

と、フロント係はいった。

「それで、かかって来たのかね？」

と、安木はきいた。

「はい。男の方から、昨日の夕方、五時頃、電話がありました」

と、フロント係はいう。

「そのあと、被害者は、外出したのかね？」

「いえ。すぐではありません。夕食を六時半に、おとりになって、そのあと、外出されたんだと思います。当方では、キーを、お持ちになったまま、外出して頂くことになっているので、何時頃かは、わからないのですが」

と、フロント係はいった。

フロント係の言葉を裏書きするように、殺人現場近くの路上から、このN旅館808号室のキーが見つかったと、知らせてきた。

808号室で所持品を調べていた刑事の一人が、ボストンバッグを抱えて、ロビーに降りてくると、安木に向って、

「これを見て下さい」

と、呼んだ。

ボストンバッグの中に、銀行の袋に包まれた五百万の札束が、入っていたのだ。百万円の束が、五つ。全て、ピン札である。

「これだけじゃありません。背広にあった財布には、二十一万三千円が入っていました」

と、刑事はいった。

「大変な金持ちだな」

安木は、感心したように、いった。

宿泊カードによれば、殺された男は、五月十八日から二十一日までの宿泊予定になっている。

それに、泊っていた部屋は、一泊二食つきで、二万円である。

五百万も必要な理由はない。とすれば、二つしか考えられないなと、安木は、思った。

商売のための五百万か、さもなければ、犯罪に関係があるのではないかということだった。

安木は、松本警察署に戻ると、警視庁の十津川に、電話をかけた。

「第三の犠牲者が、こちらで、出ました」

と、安木は切り出した。

「どんな人間ですか？」

と、十津川がきく。

「職業などは、わかりません。住所は、東京都目黒区で、名前は、堀永一です。これは、今、FAXで、そちらへ送っています」

「東京の人間ですか？」

「少なくとも、旅館の宿泊カードには、そう書いてあります。殺されたのは、野沢温泉の路地です」

「例の凶のおみくじは、あったんですね？」

「旅館の丹前の袂に入っていました」

「南東は危険とありましたか？」

と、十津川がきいた。

「そうです」

「ちょっと、おかしいですね」

と、十津川がいう。

安木は、ひとりで肯いて、

「殺人現場は、東京から見て、南東ではなく、北西に当ります」

「そうでしょう。犯人は、勘違いしたのかな」

と、十津川はいった。

「かも知れません。それから、被害者は、五百万円の札束を、ボストンバッグに入れて、持って来ていました」

「それは、盗られなかったんですね？」

「盗られていません」

「わかりました。こちらで、堀という被害者について調べて、そちらに報告します」

と、十津川はいった。

2

十津川は、松本署から送られてきたＦＡＸで、再確認しながら、長野県の地図を眺めた。

野沢温泉の文字のところに、印をつける。

間違いなく、東京から見て、北西である。それなのに、犯人は、なぜ、凶のおみくじに、「南東は危険」と書いたのだろうか？

亀井は、河野久志と、牧原麻美の関係者を調べた時のことを、考えていた。

黒板には、その時に調べた全員の名前が、書き出されている。

「この中に、堀永一という名前は、ありませんね」

と、亀井は、十津川に向って、いった。これでは、第三の犠牲者が見つからないはずだった。

堀永一というのは、いったい、何者なのだろうか？

まず、それを、調べる必要があった。

それに、五百万円の札束は、いったい、何の意味があるのだろうか？

十津川は、亀井と、松本署から知らされた堀の住所、目黒区自由が丘に行ってみることにした。

その家は、自由が丘駅近くにあった。

六十坪ほどの二階建てだが、これでも、東京では、豪邸に入るだろう。

十津川がインターホンを鳴らすと、二十五、六の若い女が、顔を出した。

「堀さんの奥さん？」

と、亀井がきくと、相手は、笑って、

「パートで働いているものですわ」

「堀さんが、亡くなったことは、知っていますね？」

と、十津川がきいた。

「はい。松本署の刑事さんから、電話がありましたから。でも、私は関係ないので、堀先生の弟さんに、連絡しました。だから、弟さんが、向うへ行っていると思いますわ」

と、彼女はいった。

「くわしい話を聞きたいんですがね。堀さんについてですが」

「では、どうぞ、お入りになって下さい。と、いっても、私の家じゃありませんけど」

と、彼女はいった。

十津川と亀井は、居間に通されたあと、彼女に自己紹介された。

彼女の名前は、城之内《じょうのうち》由紀《ゆき》。二十五歳。

「堀先生には、一カ月前に、パートで傭《やと》われたんです」

と、由紀はいった。

「堀さんは、何をやっておられたんですか？」

と、十津川がきくと、由紀は、奥から一冊の本を持って来て、二人の前に置いた。

〈転換期の日本経済　経営コンサルタント

堀　永一〉

と、いう本だった。

「経営コンサルタントをされていたんですか」

「ええ」

「それで、あなたが、傭われた経緯は、どういうことなんですか？」

と、十津川はきいた。

「前は、奥さんが、秘書をなさっていたらしいんですけど、一カ月前に、その奥さんと離婚されたんです」

「それで、秘書として、あなたを傭った？」

「ええ。しばらく、パートで働いてくれといわれましたわ。私の他に、奥さんがいなくなったので、賄《まかな》いの女の人も、傭っていらっしゃいましたけど」

「なるほど。それで、今回の野沢温泉行ですが、なぜ、秘書のあなたが、同行しなかったんですか？」

と、十津川はきいた。

「堀先生が、これはプライベイトな旅行だから、同行しなくていいと、おっしゃったんです」

「誰かに、向うで会うということは、いっていませんでしたか？」

「今度の旅行については、何も聞いていないんです」

と、由紀はいう。

「五百万のお金を持って行ったことは、知っていましたか?」

「いいえ。ただ、出かける前日に、銀行の方が来ていましたから、その時、持って来させたんだと思いますけど」

「堀さんの交友関係を知りたいんですがね。つまり、われわれとしては、容疑者を見つけ出したいんですよ。手紙とか、名刺とかを、見せてもらいたいのですが」

と、十津川がいうと、由紀に、二階の書斎へ案内された。

本棚には、なるほど、経済関係の本が多かった。

由紀は、机の上から、名刺ホルダーを取り、引出しからは、束になった手紙を出して、十津川と亀井に、渡した。

「パートだが、堀さんには、信用されていたようですね」

と、十津川はいった。

由紀は、微笑して、

「先生は、なぜだか、私を気に入られたみたいで、正式に秘書になって欲しいと、おっしゃってたんです。でも、先生が亡くなられたので、その話も消えてしまいましたわ」

「あまり、落胆していないみたいですね」

と、亀井が、意地悪く、いった。

由紀は、また、微笑して、

「正直にいうと、もっと、大きな事務所で、働きたいんです」

「堀さんは、駄目でしたか？」

「経営コンサルタントとしては、あまり、力がない方でした。こんなことをいっては、いけないのかも知れませんけど」

「しかし、都内に、こんな家を持てるんなら、大したものじゃありませんか。それに、五百万の金を、簡単に使えたんだから、お金持ちだったんでしょう？」

と、十津川がきいた。

「お金はあると、おっしゃっていました。それが、口癖みたいな方でしたわ」

と、由紀がいう。

「それが、自慢だったということみたいですね」

「ええ」

「もともと、資産家だったのかな？」

亀井が、書斎を見廻しながら、呟いた。

「そういうことは、私は、知りませんけど」

「弟さんは、何をしているんですか？」

と、十津川がきいた。

「普通のサラリーマンだと、堀先生は、おっしゃっていましたわ。R工業に、勤めていると聞いています」

と、由紀はいってから、

「先生が亡くなったので、私は、やめなければならないんですけど、この家のカギを預っているもんですから、どうしたらいいのか、困っているんです」

「堀さんの弟さんが帰って来たら、相談してみなさい」

と、十津川は忠告した。

そのあと、十津川と亀井は、名刺ホルダーと、手紙の束を持って、捜査本部に帰った。

名刺と、手紙の束は、西本刑事たちが、手分けして調べた。

その結果、二つのことが、わかった。

一つは、第一、第二の犠牲者、河野久志と牧原麻美のものが、一枚もなかったことである。

第二は、手紙の束を見ていくと、今年の三月以前のものが、全く無いことだった。

十津川と亀井は、自由が丘の自宅を丁寧に調べているから、持ち返った手紙以外に見つからなかったことは間違いない。

三月以前に、一枚も手紙が来なかったということは考えられないから、堀永一自身が、処分してしまったのだろう。

十津川は、西本たちに、手紙の差出人の何人かに会って、堀のことを聞いてくるように指示した。

名刺ホルダーにあった名刺も、二十一枚と少ない。経営コンサルタントをやっていたのなら、いやでも、交換する名刺は、一般人より多いはずである。それなのに、二十一枚だけというのは、他の名刺を処分してしまったのだろう。

「三月からというと、第一の被害者の河野のことを思い出しますね。彼は、三月まで勤めていたR銀行を、突然、辞め、その後は、やたらに、ぜいたくをしています」

と、亀井がいった。

「今度の堀も、三月から、生活を、がらりと変えたということかな？」

「変えて、それ以前の生活を切り捨てたんじゃないでしょうか」

と、亀井はいった。

「つまり、もし、三月以前の手紙が残っていたら、その中に、河野久志や、牧原麻美の手紙が、混っていた可能性があるということだな」

と、十津川はいった。

「そうです。だから、河野久志と、牧原麻美を、いくら調べても、堀永一の名前が浮かんで来なかったんだと思います」

「二月末に、何かあったということかも知れないな」

と、十津川はいった。

「そう思います」

「ただ、河野は、第二の犠牲者牧原麻美の名刺を持っていた。あれは、彼女に未練があって、つい、名刺を捨て切れなかったということかも知れないね」

と、十津川はいった。

二月末に、何かがあった。

それには、河野、牧原麻美、そして、今回の堀永一が、関係していたのではなかったか。

その事件のあと、三人は、それまでの関係を絶ち切って、それぞれの生活を始めることにした。

だが、河野は、牧原麻美に未練があって、彼女の名刺を残しておいた。

こんなことなのかも知れない。

「多分、犯罪が絡んだ事件だろうね。そうでなければ、その後、全く違う人生を歩こうなどとは、思わないだろうからね」

と、十津川はいった。

西本たちは、捜査をすませて帰って来たが、彼等の報告は、みな、よく似ていた。

手紙の主の中には、大会社の部長や、課長の名前があったのだが、西本たちが彼等に会ってみると、一様に、堀の方から、突然、会いに来たのだと、いっていたという。

「そのあと、かなり高価なものを送って来たので、礼状を書いたといっています」

と、西本は、十津川に報告した。

「面白い話があります」

と、いったのは、日下《くさか》だった。

「どんな話だ？」

と、亀井がきいた。

「私は、偶然、彼の昔の友人に会ったんですが、この友人は苦笑していました。ついこの間まで、新宿なんかで、よく飲んでいたのに、突然、住所は変ってしまうし、何の連絡もない。たまたま、新宿で出会ったら、そっぽを向かれてしまったといっています」

「やはり、昔の生活を切り捨てたということだな？」

「そうですね」

「以前の堀は、どんな生活を送っていたんだね？」

と、十津川は、日下にきいた。

「この友人の話だと、堀は経営コンサルタントを自称していたが、無名の堀に講演を依頼してくるところもなくて、いつも、この友人に、仕事がないと、こぼしていたそうです。それが、突然、金持ちになって、本を出したりしているので、友人は、びっくりしていましたね」

と、日下がいい、それに続けて、三田村が、

「この本ですが、出版社に問い合せたところ、執筆を依頼したのではなく、自費出版だそうです」

「しかし、帯には、元通産大臣の加賀見健一《かがみけんいち》が、推薦文を書いているね」

と、亀井がいった。

「あれについては、出版社でも、驚いているんです。誰かに推薦文を書いてもらいますかと聞いたら、加賀見先生にお願いするつもりだと、堀がいったんだそうです。無名のコンサルタントに書くはずがないと思ったら、ちゃんと書いてくれたので、びっくりしたといっていました」

「二人は、同郷か何かなのかね？」

「関係ありません。金ですよ」

と、日下がいった。

「金か？」

「堀が、直接、加賀見健一の事務所に五百万の金を持って行き、これを選挙資金として使って下さいと、秘書に申し出たというのです。そのお礼ということで、秘書が加賀見に頼み、あの推薦文を書かせたというのです。つまり、五百万の推薦文です」

と、日下はいった。

「堀は、急に金持ちになったみたいだね？」

と、十津川がいった。

「そうです。今年の二月末頃、突然、金持ちになったみたいですね」

「第一と、第二の犠牲者も、二月末に、突然、金持ちになっているのかね？」

と、十津川はきいた。

「二月末かどうか、わかりませんが、急に生活が変ったことは間違いありません。或いは、生活を変えようとしていたというべきかも知れませんが」

と、西本がいった。

「三人で、何かやったか？」

と、十津川はいった。

「三人以上ということも、考えられますよ」

と、亀井がいう。

十津川は、それに犯罪の匂いを嗅《か》ぐ。だからこそ、三人とも、殺されたのだろう。

「二月末に限定してみよう。その時期に、大金が奪われるような事件が起きているかどうか、調べてみよう。銀行強盗とか、資産家が襲われるといった事件だ」

と、十津川はいった。

「場所は、限定しますか？　東京都内とか、東京、大阪、名古屋といった大都市に」

と、亀井がきく。

「いや、全国でだ。特に、善光寺のある長野県内を、しっかり調べてもらいたいね」

と、十津川はいった。

「善光寺といえば、例の凶のおみくじですが、堀の場合、『南東は危険――』とありましたね。あれが、引っかかります」

「東京に住んでいた堀が、野沢温泉で殺されたんだから、南東ではないということだろう？」

と、十津川はいった。

「そうです。今回に限って、犯人が勘違いしたのでしょうか？」

亀井が、首をかしげて、きく。

「いや、そんな犯人とは思えないね。その点も、もう一度、堀永一を調べれば、謎が解けるかも知れないいな」

と、十津川はいった。

日本全国で、絶えず、事件が起きている。バブルがはじけて、景気が悪いせいか、現金強奪事件が、多くなっているのがわかる。

特に、銀行の現金輸送車が襲われ、二月だけでも、三回、合計四億二千万円が奪われていた。

刑事たちが、この三回の事件について調べてみた。

東京、京都、そして、名古屋で起きた事件である。いずれも、犯人は、まだ、捕まっていない。

三人が、このどれかの犯人ではないのか。もし、犯人なら、突然、金持ちになり、それまでの生活を変えようとしたことに、納得がいくのである。

しかし、二月の三つの現金輸送車襲撃事件について調べた結果、西本が、代表する形で、

「駄目ですね」

と、声を落して、十津川に報告した。

「三人は、犯人じゃないか？」

「東京、京都、名古屋の事件とも、犯人は、現金輸送車の運転手や助手に、顔を見られているのです。東京の場合は、犯人は、中年の男の二人組で、目出し帽をかぶっていたといいます。河野、堀、それに、牧原麻美の三人とは違います。京都の事件は、若い男の三人組ですが、サングラスをかけただけで、覆面などはしていません。この犯人たちと格闘した運転手、助手に会い、河野たちの写真を見せましたが、あっさり、違うといわれてしまいました。名古屋の事件は、どうやら、東京の犯人と同じ中年の二人の男のようです。従って、河野たちではないことになります」

と、西本はいった。

十津川は、二月の他の事件に、聞き込みの範囲を広げることにした。

こちらは、いぜんとして、解決は遠い感じだったが、凶のおみくじの方は、意外にあっさりと謎が解けた。

堀永一について、調べていた三田村と北条《ほうじょう》早苗《さなえ》が、二月の十日から二十六日までの十七日間、堀が、一時、新潟県上越《じょうえつ》市内のマンションを借りていたことが、わかったのである。

「これが、奇妙な話で、上越市内のマンションを、二月十日に借りているんですが、東京の住所は、そのままにしてあったんです。権利金まで払っておきながら、二十六日には、突然、解約して、引っ越してしまっているんです」

と、三田村は、首をかしげながら、十津川に報告した。

それに、続けて、北条早苗が、

「確かに不思議ですが、例のおみくじの謎は解けました。上越市の南に善光寺はありますし、名古屋——長野間を走る特急しなののルートも、上越市から見れば、南といえるんじゃないかと思いますわ」

と、いった。

だが、堀は、東京生れの東京育ちである。

上越市のマンションにいたのは、わずかに、二月十日から二十六日までの十七日間でしかない。

それなのに、堀を殺した犯人は、なぜ、その十七日間の、いわば仮住いの上越市から見て、「南東は危険――」と、おみくじに書いたのだろうか？

一つの謎が解けて、新しい謎が生れた感じだった。

「すぐ、上越市に行ってくれ」

と、十津川は、三田村と早苗にいった。

「向うで、何を調べますか？」

と、三田村がきいた。

「向うで、堀が、いったい、何をしていたか、それが知りたいんだよ」

と、十津川はいった。

第五章　喫茶店

1

三田村と早苗は、急遽、新潟県上越市に飛んだ。

その日の夜になって、二人が、電話で十津川に連絡してきた。

「堀が借りていたマンションを見て来ました。JR直江津《なおえつ》駅の駅前の豪華マンションで、その一階を借りていました。ここへ来るまでは、ただ、マンションの部屋と思っていたんですが、一階の店舗兼住居を借りていたんです」

「そこで、堀は、何をしていたんだ？」

「喫茶店です」

「喫茶店？　しかし、わずか十七日間しか、借りていないんだろう？」

「そうなんですが、もともと、喫茶店だった場所で、それを、堀が権利を買い、部屋代も払って、店を始めるといったそうなんです。店の名前は、コーヒーショップ、三幸《さんこう》です」

「サンコウ？」

「三つの幸いです」

「ああ、三幸ね。実際に、堀は、そこで、喫茶店をやってるのか？」

「少なくとも、十日間は、店を開いています。必要なカップなどは、全て借りたらしいんです。店には、堀と、奥さんらしき中年の女性が一人、それに、こちらで傭ったウエイトレスで、三人です」

　と、三田村はいう。

「そして、十九日に店を閉めてしまったのか？」

「そうです。このために堀が使った金は、最低五百万ぐらいだろうということです」

「堀は、上越市で、ずっと、喫茶店をやっていくつもりだったんだろうか？」

　と、十津川はきいた。

「わかりませんが、店が開いていたのは、わずか十日間だったということは、間違いありません」

「堀の郷里は、新潟だったかね？」

「違います。東京です」

　と、三田村はいった。

「その店で、コーヒーを飲んだ人はいるのかね？」

「一人、見つけて、話を聞けましたわ」

と、早苗が、電話を代って、答えた。

「どういっていたね？」

「二十五歳のOLで、会社の帰りに、女友だちと二人で寄ったそうです。開店記念ということで、コーヒーも、ケーキも安かったそうです。その時、マスターが、こんなことを話していたというんです。自分は、この上越の生れだが、東京に出て、仕事をしていた。それが、やはり、東京にはとけ込めなくて、上越に帰って来て、奥さんと、この店を始めたということですわ」

と、早苗がいった。

「それは、嘘だったんだろう？」

「そうですわ」

「堀は、なぜ、お客に向って、そんな嘘話をしていたんだろう？」

「わかりませんが、堀は、店の持主に対しても、借りる時に同じ話をしていたそうですわ。だから、てっきり、上越の生れだと思っていたといっています」

「堀の本心は、わかるかね？」

と、十津川はきいた。

「今のところ、わかりません。とにかく、最低五百万の金を、堀は使っているんですから、単なる気まぐれで、上越市にマンションを借り、喫茶店を開いたとは思えませんわ。何か、魂胆があって、やったことだと思います」

と、早苗はいった。

引き続き調べてくれといって、十津川は、電話を切った。

「妙な話ですね」

と、亀井が、首をかしげるようにして、いった。

「二月十日から二十六日までというと、だいたい、三カ月前になるんだ。他の被害者が、急に金持ちになった頃だよ」

と、十津川はいった。

「上越市を舞台に、何か、大きなサギ事件があったんですかね？」

「それも、三田村刑事たちが、調べてくれるはずなんだが」

と、十津川はいった。

亀井は、黒板に眼をやった。

河野久志

牧原麻美

堀永一

この三人の名前が、書き並べられ、顔写真が貼ってある。

「問題は、この三人の関係ですね」

と、亀井がいった。

「河野と、麻美が、関係があることは、わかっている。河野の持っていた名刺の中に、彼女のものがあったからね。堀も、きっと、この二人と、どこかで結びついているはずなんだ」

と、十津川はいった。

「三人とも、今年の三月以後、見事なくらい、過去を清算してしまっていますからね。過去に、どんな関係があったのか、調べるのは、大変だと思いますね」

「その中で、河野が、牧原麻美の名刺を持っていたのは、彼女に惚《ほ》れていたからかな」

「そうでしょうね。彼女は、なかなかの美人でしたから」

と、亀井は微笑した。

「とにかく、この三人が、何らかの方法で、今年の三月以前に大金を手に入れたのは、間違いないと思うね」

「それが、今回の殺人事件に、つながっていると、お考えですか？」

「多分ね。それが、いったい何なのかわからないし、三人以外にも、関係している人間がいるのかも知れない。わからないことが、多すぎるんだ」

と、十津川はいった。

「元銀行員、インテリア・デザイナー、それに、経営コンサルタントの組合せですか」

「元銀行員じゃないよ。三月以前は、R銀行で働いていたんだ」

と、十津川はいった。

「そうでしたね。銀行員とインテリア・デザイナーと経営コンサルタントですか。一見、信用できそうな組合せですが――」

と、亀井はいった。

「もう一人、気になる人間がいる」

と、十津川はいった。

「誰ですか？」

「豊田みち子だよ」

「ああ、牧原麻美の名刺の裏に、ボールペンで書かれてあった名前ですね。豊田みち子について、河野久志の交友関係を、ずっと調べているんですが、どうしても、浮んで来ません。わざわざ、名前を書き止めているんだから、彼と関係があった女だとは、思っているんですが」

と、亀井はいった。

「ええ。ひょっとすると、警部のいわれる、四人目の人間かも知れません」

「謎の女か」

と、亀井はいった。

2

上越市に行った三田村と早苗は、その日、向うに一泊し、翌日も聞き込みをやっていたが、昼過ぎになって、

「いくら調べても、堀永一が、ここにいる間にサギ事件を起こしたということは、ありませんね」

と、三田村が、十津川に報告してきた。

「宝石店が襲われたとか、金融機関に賊が入ったとかいうことはないのかね？」

と、十津川はきいた。

「ありませんね。もともと、この上越市は、犯罪の少ない町で、堀がここにいた期間も、何も起きていません」

「堀が、そちらで喫茶店をやっていたとき、奥さんとウエイトレスの三人で、やっていたといっていたね」

「そうですが、どうも、奥さんではなかったみたいです。北条刑事が、それについて、調べてきたので、彼女が話します」

と、三田村がいい、早苗の声に代って、

「堀は、一カ月前に、妻の綾子《あやこ》と離婚していますが、上越市の喫茶店で、一緒に働いていたのは、彼女とは別人です。ウエイトレスは、彼女の名前を、はるみさんと呼んでいたそうですし、顔立ちも、綾子とは違います。ウエイトレスや、店の客だった人に聞いて、今、似顔絵を作っています」

「堀は、その女を、奥さんだといっていたんだろう？」

「そうですわ」

「ぜひ、彼女のことを知りたいね」

と、十津川はいった。

堀のことは、引き続き、東京でも、西本たちが調べていた。

その結果、妻の綾子とは、一年前から別居中だったことがわかった。

西本と日下が、彼女に会って、別れた堀のことを聞いてきた。

「優しい男だが、やたらに大きなことばかりいうのと、女性関係がだらしがないのに愛想をつかして、別居したといっていました」

と、西本はいった。

「上越市で喫茶店をやっていたことについては、どういってるんだ？」

と、亀井がきいた。

「笑ってましたよ。時々、とっぴなことをする人だったって。しかし、それについては、何も聞いていないともいっていました。向うで奥さんと呼ばれていた女についてですが、きっと、どこかのバーか、クラブで知り合ったホステスだろうといっていました。一年前から別居し、一カ月前に正式に離婚しているので、堀が殺されたことについても、全く、無関心でしたね。冷たい反応しか示していません」

「堀について、いい思い出がないということなんだろうな」

「そうですね。口先ばかりの男で、ずっと、苦労をしてきたみたいです。別れた時は、ほっとしたといっていますから」

「君たちは、堀の弟にも、会って来たんだろう？」

と、十津川がきいた。

「会って来ました。弟の方は、結婚もして、地道にサラリーマン生活を送っています」

と、日下がいった。

「兄のことを、どういってるんだ？」

「さすがに兄弟で、殺されたことについて、残念だといい、早く犯人を見つけて欲しいといっていましたが、いろいろと話を聞くと、ずいぶん、迷惑をかけられてきたようです」

「どんな迷惑なんだ？」

「借金です。二百万近く貸していて、まだ、返してもらっていないといっていました。堀が野沢温泉で殺された時、五百万の札束を持っていたというと、そんな金があるのなら、自分に返してくれればよかったのにといっていました」

「最近、つき合いはあったのかね？」

と、亀井がきいた。

「いえ。顔を合わせると、大きなことをいって、金を貸してくれといわれるので、最近は、なるべく、会わないようにしていたといっています。それで、堀が、上越市で喫茶店をやっていたことも、知らなかったといっています」

「なぜ、堀が、上越市で喫茶店をやっていたかについては、弟は、どう、いってるんだ？」

と、十津川がきいた。

「わけがわからないといっていました。喫茶店のマスターなんて、兄の柄じゃないというのです。きっと、何か企《たくら》んでいたんじゃないかと、苦笑していましたね」

「何を企んでいたかについては、何か、いっていたかね？」

「聞いたんですが、わからないそうです。第一、上越市と兄とは、何の関係もないはずだといっていました」

「問題は、そこだな。なぜ、堀が、何の関係もない上越市に行って、十七日間だけ住んで、喫茶店をやったかだな」

と、十津川はいった。

「しかも、五百万以上の金を使ってです」

と、亀井がいう。

「舞台設定かな」

「舞台——ですか？」

「そうだよ。サギの舞台を、作ったんじゃないかな」

と、十津川はいった。

「しかし、なぜ、上越市なんですかね？　サギの舞台なら、もっと大きな町の方が、適していると思うんですが」

と、亀井はいった。

確かに、その通りだった。

その日、上越市にいる三田村と早苗から、三回目の報告があった。

「喫茶店で働いていたウエイトレスに、もう一度会って、話を聞きました。店は二月十日から開いたわけですが、二月十日は来なくていいと、堀にいわれたそうです」

と、三田村はいった。

「それは、二月十日が休みだったということかね？」

と、十津川はいった。

「彼女も、そう思ったそうです。ところが、あとで聞くと、この日も店は開いていたんだそうで、なぜ、マスターが、この日、休んでいいといったのか、今でも不思議だといっています」

「その他の日は、ウエイトレスは、店に出たんだな？」

「そうです。二月十九日に行ったら、店が閉っていて、都合により店を閉めると書いてあり、あとから、十日から十九日までの給料が送られて来たそうです」

と、三田村はいった。

「喫茶店で、堀の奥さんと呼ばれていた女について、その後、新しいことがわかったかね？」

と、十津川はきいた。

「似顔絵は出来あがりました。客の間では、なかなか、色っぽくて、水商売あがりではないかという声があったようですわ」

と、北条早苗が答えた。

「店が閉ったあと、その女がどうなったか、わからないのか？」

と、十津川はきいた。

「わかりません。堀と一緒に、二十六日に姿を消してしまったそうですわ」

「堀が、そちらにいた間に、上越市か、その周辺で、サギにあった人は、本当にいないのかね？　堀に欺《だま》されて、先祖伝来の土地を売られてしまった人とか、宝石を欺し取られたという人は」

　と、十津川はきいた。

「それについて、県警にも協力してもらって調べましたが、いません。新聞社にも問い合せてみましたが、同じでしたわ」

　と、早苗はいう。

　十津川は、首をひねった。たった十七日間。その中《うち》、喫茶店を開いていたのは、十日間でしかない。

　本気で、上越市で喫茶店をやっていこうと思っていたとは、考えられないのだ。何かのパフォーマンスとしか思えない。サギである。しかし、被害を受けた人はいなかったという。

「危うくサギに引っかかりそうになった人も、いないのかね？」

　と、十津川はきいた。

「それも、聞いて廻りましたが、ありませんわ」

　と、早苗はいった。

「だいたい、その店は、はやっていたのかね？」

　と、亀井がきいた。

「オープン記念ということで、コーヒー一杯百円にしていたので、客は、よく入っていたそうです。ケーキも格安だったそうです」

と、早苗はいった。

「二月十日は、どんな具合だったのかね？　他の日と同じだったのかね？」

と、十津川はきいた。

「今、わかっているのは、他の日が、午前十時から午後七時までオープンしていたのに、二月十日は、午後三時に店が閉ったということだけです。三時過ぎに来た客が、クローズの札がかかっていたと証言しています」

と、三田村はいった。

3

十津川は、堀と、上越市で喫茶店をやっていた女に、拘《こだ》わった。

彼女なら、上越市で何が行われたのか知っているに違いないと、思ったからである。

三田村と早苗が、上越市から帰って来て、その女の似顔絵を、十津川に見せた。

年齢は、三十歳くらい。似顔絵で見る限り、美人である。

名前は、「はるみ」だが、これが本名かどうかは、わからない。水商売の女に見えたというから、バーか、クラブでの呼び名かも知れないのだ。

身長一六〇センチくらいで、やせ形。堀は彼女のことを、はるみと呼び、彼女の方は堀を、マスターと呼んだり、あなたと呼んだりしていたらしい。

「彼女が、例の豊田みち子じゃありませんか？」

と、亀井がいった。

「かも知れないね。もし、そうなら、彼女を通じて、河野久志と堀永一が、つながってくるがねえ」

と、十津川はいった。

十津川は頭の中で、河野、堀、それに、牧原麻美の三人が、共謀して、誰かを欺して、大金を巻きあげたのではないかと、考えていた。

そのあと、三人は、その金を分配し、それまでとは全く別の人生を歩こうとした。都合のいい考え方だが、それを許さない人間がいて、三人を、次々に殺していったのではないのか。あり得る話である。

R銀行に勤めていた河野は、銀行の信用を利用して、相手を欺したのだろうし、牧原麻美は、美人で、現代的なインテリア・デザインをやっていた。相手が男なら、欺しやすかったろう。

問題は、堀の役目である。それが、上越市に喫茶店を持つことだったとすると、どんな意味があるのかが、わからなかった。

何よりも、知りたいのは、もし、想像するような事件があったのなら、被害者が、何処の誰かということである。

それがわからないと、三人を殺した犯人の見当もつかない。

「そのためにも、この似顔絵の女を見つけたい。まだ、生きていればだが」

と、十津川はいった。

十津川は、似顔絵を何枚かコピーし、それを刑事たちに持たせて、殺された三人の周辺の聞き込みをやらせることにした。

特に、河野が通っていた六本木のクラブ「艶」に重点をおいた。ひょっとすると、ここのホステスだったかも知れないと、思ったからである。

十津川の推理が、的中して、「艶」をやめたホステスの一人に、よく似ていた女がいるという話が、伝わってきた。

名前も、店では、はるみと、呼ばれていたというのである。

十津川と亀井は、早速、夜になってから、クラブ「艶」に足を運んだ。

ママにきくと、

「間違いなく、はるみちゃんだと思いますよ」

と、いう。

亀井が、堀の写真を見せて、

「この男が、ここに、客として来ていたと思うんだが」

と、きいた。

「ああ、この人なら、何回か見えましたよ。確か、堀さんという名前だったと思いますけどね」

と、ママはいった。

「河野久志と一緒に来たことは、なかった？」

「それは、ありませんねえ。河野さんは、いつも、ひとりで来てらっしゃったから」

「堀の方は、ひとりで？」

「堀さんは、ひとりのこともあったし、何人かと一緒に見えたときもありましたよ」

「ここでの様子は、どうでした？」

と、十津川がきくと、ママは、笑って、

「いつも、大きなことばかりいってるお客さんでしたよ。経営コンサルタントで、なんでも、大企業の社長さんなんかが、ご意見拝聴に押しかけてくるんだと、おっしゃってましたけどねえ。うちの子は、みんな眉に唾《つば》つけてましたよ」

「はるみさんは、どうだったんですか？」

と、十津川はきいた。

「そうねえ。あの子は、どうだったかしら？　ちょっと、変ってる子だから、堀さんに興味持ったかも知れないわね」

と、ママはいう。

「いつ、やめたんですか？」

「今年の一月末じゃなかったかしら。急に来なくなって、そのままになってしまってるの。あの子、どうかしたんですか？」

「居場所がわかれば、会いたいんですよ。住所は、わかりますか？」

と、十津川はきいた。

「四谷《よつや》のマンションに住んでたんですけど、そこには、もういませんよ。店に来なくなったんで、うちのマネージャーに行ってもらったら、いつの間にか、引っ越してしまっていたから」

と、ママはいう。

「堀は、最近も、ここに来ていましたか？」

と、十津川がきくと、ママは、首を横に振って、

「そういえば、最近、全く、見えませんね。堀さん、何かありましたの？」

と、きいた。野沢温泉で殺されたことは、知らないらしい。十津川は、答える代りに、

「はるみさんの本名は、何というんですか？」

と、きいた。

ママは、マネージャーを呼んで、聞いてから、

「中尾祐子《なかおゆうこ》。生れたのは、四国の道後《どうご》だといっていましたわ」

「ここをやめてから、誰か、彼女に会ったとか、彼女から電話があったとかいう人は、いませんかね？　ホステスさんたちに、聞いてみてくれませんか」

と、十津川はいった。

ママは、店にいたホステスたちを集めて、聞いてくれた。

その中の一人が、彼女に会ったことがあるといった。小柄な、若い、みゆきというホステスだった。

「成田《なりた》で、彼女に会ったの」

と、みゆきは、十津川にいった。

「空港で？　いつ？」

と、十津川はきいた。

「今年のゴールデンウイーク。あたしは、四月二十九日から三日間、短大時代のお友だちとグアムへ行って来たの。その時、出発ロビーで、彼女に会ったんです」

「彼女は、何処かへ行くところだったんですね？」

「ええ。ヨーロッパへ、十日間の予定で行くんだっていったわ」

「そいつは、豪勢だな」

と、亀井が、傍から、いった。

「彼女は、ひとりだった？　それとも、誰かと一緒だったかな？」

と、十津川がきいた。

「彼女、誰かを待ってたみたいだけど、わからない。その前に、あたしたち、出発してしまったから」

と、みゆきはいった。

「彼女と、何か話した？」

「今、何してるのって、聞いたわ」

「そしたら？」

「遊んでるって」

「遊んでる？」

「ええ。お金が出来たから、しばらく、遊んで、楽しいことをするんですって」

「どうして、お金が出来たか、いわなかったかね？」

と、十津川はきいた。

「聞いたら、宝くじが当ったって、笑ってたけど――」

「信用しなかった？」

「ええ。ぜんぜん」

「今、何処に住んでいるか、聞かなかったのかな？」

「聞かなかったわ。聞いても、仕方がないもの。でも、羨《うらや》ましかった。すごくいいものを着てたし、高い時計をはめてたから。本当に、お金持ちになってたんだわ」

「きっと、いいパトロンを見つけたのよ」

と、他のホステスが、口を挟んだ。

十津川は、「ちょっと、こっちへ来てくれ」と、いって、みゆきを店の外へ連れ出した。

みゆきは、当惑した顔で、

「彼女のことは、もう、何も知らないわ」

「わかってる」

「じゃあ、他に、何か？」

「確か、君は、死んだ河野久志に、敬遠されていた人だね？」

と、十津川はきいた。

「ええ。きっと、あたしが子供っぽいからだわ」

「いや、なかなか、魅力的だよ。何か、理由があったと思うんだが、心当りはないかな？」

「何も。気が合わなかったのかも知れないわ。人間て、好き好きだから」

と、みゆきはいった。

十津川が黙っていると、みゆきは、小さく首をすくめて、

「もう、いいですか?」

「ああ、いいよ。ありがとう」

と、十津川はいった。

4

「みゆきというホステスに、何かあると、思われたんですか?」

と、帰る途中で、亀井が、きいた。

「いや、彼女が、今回の事件に関係しているとは思わないよ。ただ、河野が、あの店のホステス全員に声をかけて、ヌード写真を撮ったりもしているのに、みゆきだけは敬遠して、声をかけなかったという。それが気になってね」

と、十津川はいった。

「人間には、好き嫌いがありますから」

「カメさんは、みゆきというホステスが嫌いかね?」

「いえ。なかなか、チャーミングですよ。何より、一番若いじゃないですか」

と、亀井は、笑顔でいった。

「私だって、彼女は魅力的だと思うよ。だが、なぜか、河野は、彼女を敬遠した。なぜだか、わからない」

「ええ」

「そこに、何かあったんじゃないかと思ってね。河野の心理に、何かがあったとしたら、それが、今回の事件に結びついているんじゃないだろうかとね」

と、十津川はいった。

だが、それが何なのか、十津川にも、わからないから、それ以上、話は広がっていかなかった。

十津川は、捜査本部に戻ると、さっそく、黒板に、「中尾祐子」の名前を、被害者三人のあとに付け加えた。

「彼女を、何とか、見つけて欲しい」

と、十津川は、刑事たちにいった。

「しかし、住所がわかりませんが」

と、西本がいった。

「彼女は、ゴールデンウイークに、ヨーロッパに十日間の旅行をしている。パスポートが、いつ発行されたかわからないが、最近、発行されたものなら、今の住所が書かれている可能性がある」

「わかりました。その線を調べてみましょう」

と、西本がいった。

三上部長から、外務省に話をつけてもらい、中尾祐子の名前で発行されたパスポートについて、調べてもらった。

時間はかかったが、彼女のパスポートが、四月五日に発行されたことがわかった。

その時の住所は、東京都大田区田園調布《でんえんちょうふ》×丁目のマンションだった。

十津川は、すぐ、亀井と、そのマンションを訪ねてみた。

真新しい、四階建ての豪華マンションだった。その302号室だったが、二人が行った時は、留守になっていた。

管理人に聞くと、昨日の午後、車に乗って、出かけたという。

「行先は、わかりませんか？」

と、十津川はきいた。

「わかりません。私もきいたんですが、教えてもらえなくて」

と、中年の管理人は、困惑した表情でいった。

「突然、出かけたんですか？」

「ええ。銀行の人が、中尾さんのところに見えたあと、あわただしく、出かけられたんですよ」

「なぜ、銀行の人が来たと、わかるんですか？」

「よく見る銀行の人でしたからね。K銀行の人ですよ。その人が、中尾さんの部屋に入ったのを見ましたから」

「そのあと、車で出かけた？」

「ええ」

と、肯く。亀井が、すぐ、K銀行の田園調布支店に走った。

十津川は、ひとりになると、管理人に、

「ここには、彼女は、いつから、住んでいるんですか？」

と、きいた。

「三月一日からですよ。部屋代は、五十万です」

「高いな」

「ええ。普通の方だと、ちょっと、無理かも知れませんね」

「彼女は、何をしていると、いっていました？」

「なんでも、親の遺産を手にして、しばらく、遊んで暮らすんだと、おっしゃっていましたね」

と、管理人はいった。

「この男が、よく、訪ねて来ませんでしたか？」

十津川は、堀永一の写真を、管理人に見せた。管理人は、丁寧に見ていたが、

「この人なら、二回ほど、見ましたよ」

と、いった。

やはり、彼女は、堀と、ずっと、つき合っていたということだろう。

「彼女の車は、どんな車種ですか？」

と、十津川はきいた。

「赤い、ベンツ１９０Ｅですよ。新車です。ナンバーは、覚えていませんね」

「その車で、出かけたんですね？」

「ええ」

と、管理人が肯いた時、亀井が、戻って来た。

「彼女は、Ｋ銀行に預けておいた預金を、全部おろしています」

と、亀井はいった。

「全部って、いくらだ？」

「三千六百万です」

と、亀井はいった。

「もう、ここには、戻って来ないかも知れないな」

「そうですね」

と、亀井が肯く。

十津川は、管理人に眼をやって、

「302号室を、開けてもらえませんか」

「そんなことは、出来ませんよ。令状は、お持ちじゃないんでしょう？」

「令状をもらってくる時間がないんです」

「そういわれても、他人の部屋を、勝手に開けるということは——」

「彼女は、殺されるかも知れないんだ」

と、亀井がいった。

「本当なんですか？」

管理人が、半信半疑の顔で、亀井を見、十津川を見た。

「その恐れが、十分にあります。だから、われわれは焦っているんです。私が責任を持つから、開けて下さい」

と、十津川はいった。

管理人は、まだ、口の中で、ぶつぶつ、いっていたが、302号室のスペアキーを持って来て、開けてくれた。

「あなたが、見ていて下さい」

と、十津川は管理人にいい、一緒に部屋に入った。

広い居間と、寝室、和室、それに、これも広いバスルーム。

十津川と亀井は、一つ一つの部屋を、丁寧に見ていった。

十津川が知りたいことは、二つあった。一つは、中尾祐子が、今度の事件に、どう関係しているのかということであり、二つ目は、彼女が、何処へ行ったかということだった。

三面鏡の引出しを調べていた十津川は、一番下の引出しの中に、例の、おみくじを発見した。

くしゃくしゃに丸めてあったが、伸ばしてみると、「凶」のおみくじだった。

善光寺のニセのおみくじである。

屑入《くずい》れを、かき回していた亀井は、その中から引きちぎられた新聞のページを見つけた。

こちらも、丸めて捨てられていたのだが、伸ばしてみると、そのページには、野沢温泉で殺された堀永一の記事が、のっていた。彼の顔写真もである。

「これで、彼女が、あわてて逃げ出したわけがわかったよ」

と、十津川はいった。

「次は自分が殺されるに違いないと、感じたんでしょうね」

と、亀井はいった。

「こちらの凶のおみくじは、多分、犯人が、送りつけて来たものだろう」

と、十津川はいった。

「しかし、それらしい封筒は、ありませんよ」

「犯人が、直接、郵便受に放り込んでおいたのかも知れない」

「危険は、どの方向だと書いてありますか？」

「堀永一の場合と同じ南東だ」

と、十津川は、おみくじを見て、いった。

「彼女は、堀と、上越市で働いていたと思われますから、そこから見て、南東の方向で、犯人は殺す気だと思いますね」

と、亀井はいった。

「すると、彼女は、上越市から見て、南東ではない方向に、行ったかも知れないな。それなら、助かると思って」

と、十津川はいった。

第六章　道後温泉

1

３０２号室からは、この二つしか、見つからなかった。

十津川は、管理人に預り状を渡して、それを持って、捜査本部に戻った。

まず、東京陸運局に問い合せて、中尾祐子の持つベンツ１９０Ｅのナンバーを調べ、それを、全国手配した。

何とかして、四人目の犠牲者が出ることを防ぐとともに、中尾祐子を見つけて、事件の真相を聞き出したかったのだ。

問題は、彼女が、何処へ逃げたかということだった。

彼女が、恐怖にかられ、預金を全部おろして、逃げ出したことは間違いない。

「なぜ、海外へ逃げなかったんでしょうか？　彼女は、ヨーロッパにも行ったことがあるのに」

と、西本が、疑問を口にした。

「そうだな。やはり、外国へ行くことの心細さみたいなものがあったんじゃないかね。或いは、国内の何処かに、自分を匿《かくま》ってくれる人間がいるからかも知れない」

と、十津川はいった。

「上越市から見て、南東の方向には、本当に逃げないんでしょうか？」

と、日下がきく。

「あのおみくじを送りつけられたら、怖くて、その方向には逃げられないだろう」

と、十津川はいった。

「彼女は、愛媛の道後の生れでしたね」

「そうだ」

「それなら、上越市から見て、南東じゃありません。善光寺から見てもです。どちらから見ても、道後は、南西です」

「だから、彼女は、郷里の道後に行ったのではないかと、カメさんは思うんだね？」

「そうです。彼女は、きっと、次は自分が殺されるのではないかと、不安で仕方がないと思います。いや、不安どころか、怯えていると思いますね。じっと、東京にいれば、間違いなく殺されると、思ったんでしょう」

「でも、なぜ、そう思うんですか？」

と、西本がきいた。

「犯人から、予告のおみくじが、送りつけられているんだよ。しかも、東京は、上越市から見ても、善光寺から見ても、おみくじのいう南東に当っている」

「なぜ、警察に、保護を求めて来ないんでしょうか？　それほど、怯えているのなら」

と、日下がきく。それに対して、亀井は、

「彼女は、きっと、堀なんかと組んで、悪事を働いているんだろう。だから、警察には、保護を頼めないんだ」

「それで、東京から逃げ出したんですか？」

「そうだ」

「カメさん。四国へ行ってみるかね」

と、十津川がいった。

2

果して、中尾祐子が、道後に行ったかどうか、十津川にも、わからなかった。

しかし、今のところ、他に、これといった地名が浮んで来ない以上、行ってみる価値はあるだろうと、十津川は、判断したのだ。

何しろ、彼女が、河野久志、牧原麻美、そして、堀永一に続いて、殺される恐れがある以上、一刻も早く、見つけ出さなければならないのだ。

二人は、松山まで、全日空で、飛ぶことにした。

「彼女は、車で出かけているんだ。われわれの方が、先に、向うに着いてしまうかも知れないな」

と、十津川は、機内で、亀井にいった。

「犯人もですよ」

と、亀井がいった。

「そうだ。犯人も、先に、道後に着く可能性があるんだな」

十津川は、厳しい眼になった。

十津川たちが、彼女が車で消えたことを知ったように、犯人も知ったろう。そして、警察が、彼女の郷里の道後に眼をつけたように、犯人も同じことを考えたかも知れないのだ。

一時間二十分で、二人を乗せた飛行機は、松山空港に着陸した。

午後六時を過ぎていたが、空港は、まだ、明るかった。

空港から、JR松山駅を経て、道後温泉までのバスが出ている。二人は、そのバスに乗った。

道後温泉に着いた時には、ようやく、周囲は暗くなり始めていた。

彼女の実家は、この道後温泉で、土産物店をやっているはずだった。

二人は、ひとまず、道後温泉の旅館に入り、そのあと、中尾祐子の実家を探しに出た。

道後温泉に近い商店街は、土産物を買う泊り客が、旅館のゆかたに丹前を羽おった姿で、歩いているのが見られる。

中尾祐子の実家は、屋根付きの商店街の中にあった。

四国の名産を売る店で、さして、大きくはない。

「中尾物産」という看板が出ていた。ここにも、丹前姿の温泉客が二人ほど、下駄の音をたてながら、店の中を見て廻っていた。

若い女の店員が二人いた。

十津川が、その一人に声をかけると、彼女は奥に行き、店の主人を呼んで来た。

十津川は、改めて警察手帳を示し、祐子さんのことで、お聞きしたいといった。

中尾は、店の客に気がねしてか、十津川と亀井を店の外に連れ出し、隣りの喫茶店に入った。

中尾は、コーヒーを三つ注文してから、十津川に向って、

「祐子が、何かやりましたんでしょうか？」

と、きいた。

「いや、そうじゃありませんが、ある事件の参考人として、祐子さんの話を聞きたいのですよ。それで、探しているんですが」

と、十津川は、慎重ないい方をした。

「祐子は、東京におらんのですか？」

中尾は、十津川を見、亀井を見た。

「東京のマンションには、いらっしゃいません。昨日から、外出しています。それで、ひょっとして、こちらに戻っているんじゃないかと、思いましてね」

と、十津川はいった。

「いや、祐子は、帰っておりません。あの子は、最近、ほとんど、連絡もして来なくなっていたんですよ。東京へ行ってから、私や、家内のいうことも、聞かなくなっていましてね」

中尾は、小さく、溜息をついた。

「東京で、何をやっていたか、ご存知でしたか？」

と、十津川はきいた。

「水商売に入ったというのは、人伝《ひとづ》てに聞いていましたが、他のことは、何もわかっておりません。心配しているから、電話ぐらいしなさいといっていたんですが、照れ臭いのか、電話もなしで。何か、悪いことでもしなければいいがと、それだけを考えていたんですがねえ」

と、中尾はいう。

「祐子さんから、手紙は来ませんでしたか？」

と、亀井がきいた。

コーヒーが運ばれて来たので、中尾は、すぐには亀井に返事をせず、ウエイトレスがいなくなってから、

「一度だけ、来たことがありますよ」

「いつ頃ですか？」

「今年の三月はじめ頃でしたね」

「どんなことが書いてありましたか？」

「夢みたいなことが書いてありましたよ。やっと、仕事がうまくいって、お金が儲かるようになった。だから、その中《うち》に、うちの店も大改造してあげるなんて、書いてありましたよ。何を、夢みたいなことを書いているんだと、思いましたがねえ」

中尾は、また、溜息をついた。

「その後、何か連絡は？　お金を送ってきたとか、電話してきたとか」

と、十津川はきいた。

「ぜんぜん、ありませんよ」

「中尾さん。正直にいうと祐子さんは、今、危険な状況にあるんです。一番いいのは、われ

われ、警察に出頭してくれればいいんですが、祐子さんは、そうせずに、姿を消してしまいました。ひとりで、自分を守れませんよ。誰かに助けを求めるのではないかと、考えましてね。何といっても、やはり、ご両親のところに行くのではないかと、思っているんですよ。本当に、何の連絡もありませんか？」

と、十津川はきいた。

「祐子が、今、危険だというのは、本当なんですか？」

と、中尾はきき返した。

十津川は、その顔を見すえるようにした。本当のことをいっているかどうか、見きわめたかったのだ。

「危険です。間違いない。しかも、それは、切迫している。すでに、三人の人間が殺されているんですよ」

と、亀井が、十津川の代りに答えた。

「その三人というのは、祐子と、どういう関係の人たちなんですか？」

中尾が、不安気にきく。

十津川は、どう説明してよいかわからず、

「祐子さんと、親しかった人たちです」

と、だけ、いった。

「犯人は、もう、わかっているんですか？」

と、中尾がきいた。

「いや、わかっていません。しかし、祐子さんは、知っている可能性があります。だから、一刻も早く、お会いして話を聞きたいわけです」

と、十津川はいった。

「そういわれても、私も、家内も、祐子の居所を知りませんので――」

「ご家族は、ご両親と祐子さんだけですか？」

「あと、娘が、もう一人おります。祐子の妹で、この娘は、幸い、今、店を手伝ってくれていますが。名前は由香《ゆか》です」

「その妹さんは、知りませんかね？　ご両親には気まずくても、妹さんには連絡しているかも知れませんよ。祐子さんは、今、誰かに助けてもらいたいと思っているに違いないのです」

と、十津川はいった。

「聞いては、みますが――」

「今、妹さんは、店にいるんですか？」

「いえ。出かけていまして、今夜おそく帰ってくることになっています」

「帰ったら、ぜひ、聞いてみてくれませんか。私たちは、今日は道後のS旅館に泊っていますから、電話して下さい。何時でも、構いません」

と、十津川はいった。

そのあと、中尾と別れて、十津川と亀井は、旅館に戻ることにした。

『坊っちゃん』で有名な道後温泉本館の前を通って、S旅館に戻ると、十津川は、まず、東京に電話を入れ、西本に、何か、わかったことはないかと、聞いた。

「一つだけ、面白いことがわかりました。インテリア・デザイナーの牧原麻美ですが、二十代の頃、ポルノ映画に出ていたことがあったようなのです。今でいえば、AV女優ですね」

と、西本はいった。

「それで、豊田みち子か？」

と、十津川はきいた。

「そうなんです。その頃、豊田みち子という名前で、映画に出ていたようです」

「なるほどね。河野は、それを知っていて、牧原麻美の名刺の裏に、豊田みち子と、ボールペンで書いていたんだな」

「ただ、このことが、事件と、どう関係してくるのか、わからないのです。全く、関係がないかも知れません」

「いや、大いに関係があるかも知れないぞ。河野と、牧原麻美と、堀と、もう一人、中尾祐子の四人が、今年の二月に何かやって、大金を手に入れたと、私は思っているんだが、牧原麻美の名前の代りに、AV女優だったことのある豊田みち子の名前が、入るのかも知れないからね」

「しかし、同一人ですよ」

「同一人だが、違うんだよ。インテリア・デザイナーと、AV女優じゃあ、ずいぶん、違うじゃないか」

と、十津川はいった。

その電話が切れると、十津川は、亀井に、豊田みち子の正体がわかったことを告げた。

「なるほど、牧原麻美と、同一人だったわけですか」

「そうだよ」

「私の頃は、ポルノ女優だったんですが、今は、AV女優ですね。しかし、それが、今回の事件に、どう関係してくるんでしょうか?」

と、亀井がきく。

「西本刑事にも、いったんだが、河野たち四人が組んで、誰かを欺して、大金を巻き上げたのではないかと、思っているんだよ」

と、十津川はいった。

「その点は、賛成です」

「その場合、各人は、それぞれの役割りがあったんじゃないか。例えば、R銀行の行員だった河野は、R銀行の名前で、相手を信用させたに違いない」

「私も、そう思います」

「だが、牧原麻美の役割りが、わからなかった。インテリア・デザイナーといっても、彼女は無名に近かったんだから、相手は、信用しないだろう。元AV女優とすると、役割りは違ってくる。欺す相手が女好きの老人だったりすれば、元AV女優の肩書きが、有効だったんじゃないかね」

と、十津川はいった。

「なるほど」

と、亀井は肯いたあと、

「経営コンサルタントの堀永一の役割りは、何だったんですかね？　彼も、経営コンサルタントとしては無名でしたが」

「堀は、一時的に、中尾祐子と二人で上越市に引っ越し、喫茶店『三幸』をやっている。だから、彼の役割りは、喫茶店のマスターだったんだと思うよ」

と、十津川はいった。

「それだと、余計に、わからなくなってしまうんですよ。上越市という、いわば、地方都市の小さな喫茶店のマスターが、金持ちを欺すのに、どんな役割りを与えられたんですかね」

と、亀井は、首をひねった。

十津川にも、わからなかった。わずか十七日間、上越市に引っ越して喫茶店をやったのには、どんな意味があったのだろうか？

二人は、布団の上に寝転んだが、もちろん、眠れなかった。

ひょっとして、中尾祐子の父親が、電話してくれるかも知れなかったからである。

二人とも、布団の上に腹這《はらば》いになって、十津川は、灰皿を引き寄せて、煙草に火をつけた。

「あの父親は、本当に、祐子が、今、何処にいるのか、知らないんでしょうか？」

と、亀井がきく。

「わからないな。彼の表情を見ていると、嘘をついているようには見えないが、親というのは、子供のために、どんなことでもするからね。必死になって、芝居をしたのかも知れない」

と、十津川はいった。

「娘が、警察に追われていると、思ってですか？」

「そうだ」

「しかし、われわれより恐しい人間がいるのに」

と、亀井は、眉をひそめた。

「その点だが、娘の祐子は、自分も傷つくから、両親には何も話してないかも知れないよ」

と、十津川はいった。

「それなら、両親は、徹底的に、祐子を、われわれから、かばうでしょうね」

と、亀井はいった。

午後十一時を過ぎて、窓の外で音がしたと思うと、雨が降り出したのである。十津川は、窓を開けてみた。さして、強い雨ではない。

ふいに、部屋の電話が鳴った。

十津川は、窓を閉めて、受話器を取った。

「十津川さまに、中尾という女の方から、電話が入っていますが」

と、フロント係がいう。

「すぐ、つないで下さい」

と、十津川はいった。

「十津川警部さんですか？」

という若い女の声が、聞こえた。

「祐子さん？」

と、十津川はきくと、

「いえ。妹の由香です」

と、相手はいった。

「ああ、由香さんね。お姉さんの居所を知ってるんですか？」

「これから、十津川さんにお会いしたいんですけど。姉のことで」

と、相手はいう。

「いいですよ。何処へ行きましょうか？」

「私が、そちらへ行きます」

と、由香はいった。

十津川と亀井は、急いで服に着がえて、一階のロビーに降りて行った。

玄関を見ていると、軽自動車が着き、若い女が、雨を避けながら、駆け込んで来た。
二十二、三歳の女だった。
十津川の方から、彼女に、

「中尾由香さん？」

と、声をかけた。

女は、ひどく緊張して、少し青ざめた顔で、肯いた。

十津川と亀井が、警察手帳を見せた。

「とにかく、座って」

と、亀井がいい、相手を、ソファに座らせた。

「祐子さんが、今、何処にいるか、知ってるんですね？」

と、十津川はきいた。

「その前に、おききしたいんです」

と、由香は、まっすぐに十津川を見つめた。

(気の強そうな娘だな)

と、思いながら、十津川は、

「何でも、きいて下さい」

「姉を、どうなさるんですか？　逮捕するんですか？」

と、由香はきく。

「ただ、話をきくだけですよ」

「信じられませんわ。それだけのことなら、どうして、東京の刑事さんが、わざわざ、四国までいらっしゃったんですか？　電話ですむことじゃありませんか」

「話をきくだけというのは、本当です。ただ、お姉さんは、今、大変に危険な立場にいるんです。何とか守りたいから、こうして、やって来たんです」

と、十津川はいった。

「姉は、いったい、何をやったんですか？」

と、由香は、なおもきく。

「きいていないんですか？　お姉さんに」

「何もきいていませんわ。だから、刑事さんに教えて頂きたいんです。姉は、何をやったんですか？」

と、由香はきく。

亀井が、いらいらしてきたらしく、

「この瞬間でも、お姉さんは、危険なんだよ。もう三人も殺されてるんだ。多分、お姉さんは、四人目になる。早く会わせないと、間違いなく、殺されるぞ！」

と、大声を出した。

由香は、怯えた眼になって、十津川に、

「本当なんですか？」

「本当です。とにかく、お姉さんに会わせて下さい。約束しますが、話をきくだけで、絶対に、逮捕なんかはしません」

と、十津川はいった。

「その約束、守って下さい」

と、由香はいい、十津川と亀井を、軽自動車に乗せて、雨の中を走り出した。

着いたのは、道後温泉から少し離れた、旅館だった。

旅館の駐車場に、例の赤いベンツ１９０Ｅが、とめられている。

由香が先に立って入って行くと、おかみさんが、青い顔で、飛び出して来て、

「お姉さんが、いなくなりましたよ！」

と、由香にいった。

「どういうことですか？」

由香が、きく。

「あなたが出て行ってすぐ、警察の方が見えたんですよ。ここに、中尾祐子がいるだろう。すぐ、連れて来いって、怖い顔で、おっしゃって」

と、おかみさんがいった。

「それで、その警察の人が、姉を連れて行ったんですか？」

「とにかく、話をして来ますって、あたしがいって、二階へ行ったら、お姉さんが、あわてて、裏口から逃げたんですよ」

「警官は？」

と、十津川がきいた。

「警官の方も、いつの間にか、いなくなってしまって――」

と、おかみさんはいった。

「警察手帳を見せましたか？」

「何か、黒い手帳は、見ましたけど――」

と、おかみさんはいった。

「やられましたよ」

と、亀井が舌打ちした。

「警察の方じゃなかったんですか？」

と、おかみさんがきいた。

「恐らく、ニセ刑事です」

と、十津川はいった。

「じゃあ、お姉さんは？」

と、おかみさんが、由香を見る。由香は、十津川を見、亀井を見た。

「多分、そいつは、祐子さんが裏口から逃げ出すのを見越して、裏に廻っていたんだと思いますね」

と、十津川はいった。

「県警に頼んで、非常線を張ってもらいましょう」

と、亀井がいった。

「そうだな」

と、十津川は肯きかけてから、

「いや、やめておこう」

「なぜですか？　犯人は、彼女を連れ去ったんですよ。早く見つけないと」

「非常線を張れば、犯人は、足手まといになる彼女を、殺してしまうかも知れない」

と、十津川はいった。

「しかし、警部。そうしなければ、犯人は、彼女を殺さないという保証はあるんですか？」

「わからないが、犯人は、例のおみくじで、中尾祐子に、南東は危険と予告しているんだ。非常線が張られていなければ、犯人は、彼女を、上越市から見て、南東に当る場所まで連れて行って、殺すんじゃないか。つまり、それまで、彼女は無事だ」

と、十津川はいった。

「犯人が、律儀に、そんなことを守りますかね？」

「今は、それに、賭《か》けたいんだよ。中尾祐子を、何としてでも、助けたいからね」

と、十津川はいった。

第七章　救出劇

1

十津川は、今回の一連の事件の犯人について、考えてみた。

どんな性格の人間なのか？　男か女か？　年齢は、何歳くらいか？

はっきりしたことは、今の段階ではわからない。断定は、禁物だからだ。

ただ、犯人が、かなりの偏執狂だということは、この段階でもわかる。

執拗《しつよう》に繰り返される凶のおみくじが、それを示している。

何かをいいたいのだろうが、それにしても、異常だ。

それに、必ず、殺人の場所を方角で示している。その理由も、はっきりしないが、ほぼ、正確だ。

偏執狂というのは、細部に拘わって、いいかげんなことが出来ないものだ。

とすれば、中尾祐子の場合だけ、おみくじに示した方角と、違う場所で殺すことはしないのではないか。

おみくじに書かれた方角が、凶の文字と同じく、犯人の主張ならば、その主張を崩すことになってしまうからだ。

それに、南東というのは、かなり、あいまいな言葉だ。許容範囲がわからない。だから、厳密な意味で、上越市から、南東以外なら、犯人が、中尾祐子を殺さないだろうと考えるのは、危険だ。

十津川は、日本の地図を広げてみた。

南北で見た場合、善光寺と、上越市は、ほぼ、同じ線上にある。

東経一三八度一五分から六分といったところだろう。

仔細《しさい》に見れば、善光寺の方が、わずかに西だが、その差は、ごくわずかである。

十津川は、善光寺の位置から、垂直に、線を引いてみた。

この線上は、善光寺の南である。上越市から見ても、南か、わずかに、南西ということになる。

だから、この線よりも西なら、中尾祐子が受け取ったおみくじの「南東」には、当らないはずである。

犯人が、十津川の想像するような偏執狂で、自分のメッセージを厳格に守る、というか、自分のメッセージに縛られる人間ならば、この線上より西では、彼女を殺さないだろう。もし、殺してしまえば、犯人のメッセージは、嘘になってしまうからだ。

もちろん、こんなことは、十津川の勝手な、希望的な推測でしかない。犯人の憎しみが強ければ、発作的に、人質を殺してしまうかも知れないからである。

ただ、手掛りがつかめない今、犯人の性格をも、利用したかったのである。

犯人は、車で、中尾祐子を運んでいると思われる。

車で四国から出るためには、フェリーを使うか、中国―四国連絡橋を利用するしか方法がない。

まず、県警に要請し、この両方で、車の検問をしてもらう。

それが、失敗したら、最後の砦《とりで》として、東経一三八度一五分の線を利用したいと、十津川は思う。

この辺りで、西から東へ抜ける幹線道路は、北から、中央自動車道、東名高速、国道1号線といったところだろう。

中央自動車道でいえば、諏訪《すわ》インターチェンジ付近、東名高速なら、吉田《よしだ》インターチェンジ辺り、国道1号線なら、島田《しまだ》と藤枝《ふじえだ》の中間付近ということになる。

この線で、救出できなければ、多分、中尾祐子は、殺されてしまうだろう。

2

四国からのフェリーは、高知からも、東京や大阪へ向うものが出ているから、犯人は、意表をついて、いったん、南に向って、高知へ出て、フェリーに乗ったことも考えられる。

従って、四国の四県の県警全てに、協力を要請することになった。

一番可能性があるのは、瀬戸大橋《せとおおはし》を通って、本州に渡る線である。その他、鳴門《なると》から大鳴門橋を渡って、淡路島《あわじしま》に渡るルートも考えられた。淡路と本州は、まだ、橋でつながっていないが、洲本《すもと》港から、フェリーを、利用するかも知れなかった。

犯人の人相も、人数もわからないが、中尾祐子の顔写真はある。これは、大量にコピーして、各県警に配られた。

誘拐事件ということで、各県警も、協力的だった。

所轄は、あくまでも、愛媛県警だから、十津川は、助言する立場でしか動けない。

二日、三日と過ぎても、中尾祐子発見の報告は、いっこうに、もたらされなかった。

犯人は、すでに、四国の外に出てしまったと思わざるを得なかった。

十津川は、最後の線で、食い止めざるを得ないと覚悟して、部下の刑事たちを、三つの拠点に呼び寄せることにした。

東名高速の吉田インターチェンジ、中央自動車道の諏訪インターチェンジ、そして、国道1号線の島田と藤枝の中間地点である。

その地点を所轄する県警に、協力を求めて、強力な検問所を作った。

十津川と亀井は、東名の吉田インターチェンジに入った。

この線を通過されたら、中尾祐子は、必ず殺されるという考えが、十津川にはある。だから、彼女を守る最後の一線だと、部下の刑事には、いい聞かせてあるし、各県警にも、伝えてあった。

もちろん、その間も、四国から抜ける道路では、要請を受けた各県警や、府警が、徹底的に、通過する車を調べているはずだった。

もし、何処かで、中尾祐子が発見された場合は、発見した県警が、FBI方式で、警察庁に連絡することになっていた。

警察庁からは、吉田インターチェンジにいる十津川に、知らせてくれるはずだった。

公開捜査に、踏み切った方がいいのではないかという声もあった。

三上刑事部長などは、その意見だった。が、十津川は、反対した。もし、公開捜査になり、テレビや新聞に報道されたら、その時点で犯人は、足手まといになる人質の中尾祐子を殺してしまうと、思ったからだった。

この問題で、十津川は、三上と、電話でやり合った。

「今度の誘拐は、身代金目的じゃなくて、殺すことが目的なわけだろう？　その点は、君も同意見じゃないのかね？」

と、三上部長は、電話でいう。

「その通りです」

「それなら、犯人が電話してくるのを待っていることは、意味がない。何とかして、人質と犯人を見つけ出す必要がある。それなら、公開捜査に踏み切るのが、最善じゃないのかね？」

「確かに、その通りです。何もなければ、私も、公開捜査に賛成です」

「何かというのは、例のおみくじのことかね？」

「そうです」

「君は、犯人が、おみくじのメッセージを固く守ると、信じているのかね？」

と、三上がいう。

「そうです」

「相手は、殺人犯だよ」

「わかっています。ただ、今までのところ、犯人は殺人を、正義の証《あかし》と、思い込んでいるところが見られます。だからこそ、あんな奇妙なおみくじを残しているんだと思います」

「それを守るというのかね？」

「というより、犯人自身が、それに縛られていると、思うのです。犯人流の正義が、崩れてしまうからでしょう。普通なら、道後で中尾祐子を殺してもいいのに、犯人は、わざわざ、彼女を連れ出しています。それは、間違いなく、犯人が、おみくじのメッセージを守ろうとしている表われだと、私は、考えています。従って、上越市から見て、南東の場所まで運んで、殺すはずです」

と、十津川はいった。

「公開捜査にしたら、それを破るというのかね？」

「そうです。追いつめられたら、犯人は、何処でも、殺すと思っています。自分が、可愛いですからね」

と、十津川は強調した。

「しかし、公開捜査にせずに、見つけられるという自信はあるのかね？」

と、三上がきく。

「見つけ出します」

と、十津川はいった。

「しかし、一般の協力は得られないよ。公開しなければ、一般の人たちは、事件が起きたことも、知らないわけだからね」

と、三上はいった。

「それも、覚悟しています」

「すでに、中尾祐子が、殺されているとは、考えないのかね？」

「考えたら、何も出来ません。私が強調したいのは、今度の一連の事件で、犯人の輪郭も動機も、いまだに、はっきりしないということなのです。中尾祐子を無事救出できれば、その両方が、同時に解明できる可能性があります。事件も、一挙に、解決に進みます。それを考えると、何とかして、人質を助けたいのです。公開捜査にしますと、その可能性が消えてしまいます」

と、十津川はいった。

本多《ほんだ》捜査一課長も、十津川の考えを支持してくれて、何とか、公開捜査にすることは、中止された。

それだけに、十津川の責任も、重くなったことになる。

東名高速の吉田インターチェンジには、十津川と亀井の他は、静岡県警の刑事六人が待機した。

中央自動車道の諏訪インターチェンジには、西本と日下がいて、長野県警の刑事たちが協力してくれる。

国道1号線の場合は、三田村と北条早苗が、静岡県警の刑事たちのサポートを受ける。

何かあれば、すぐ、お互いに連絡をとることになっていた。

十津川は、時間を気にしていた。

時間的に見れば、すでに、犯人と中尾祐子は、この最後の線に、到着していなければならないからだった。

犯人も、当然、県警が探し廻り、ところどころで、検問を設けていることを、覚悟しているだろう。

だから、ゆっくりと動きながら、どうやって、上越市か、善光寺から南東の地点に、中尾祐子を連れ出すかを、思案しているはずである。

「向うも、苦労しているでしょうか、こっちも、大変ですね」

と、亀井がいった。

「ああ、大変だ」

「今、どんな車に乗っているかもわかりませんからね。今の日本では、どうぞ盗んで下さいといわんばかりに、いたるところに車が止めてありますからね」

「そうだな」

「犯人は、単独か複数かわかりませんが、少なくとも、ニセ刑事になって道後を訪ね、中尾祐子を連れ出した男がいたわけです。似顔絵は、出来ないんですかね？」

と、亀井がいった。

「向うの警察が、あの旅館のおかみに協力してもらって、一生懸命、作っているんだが、うまくいかないらしい」

「なぜですかね？」

「おかみが、頭から、相手を、ホンモノの刑事と、信じてしまっていたからだよ。怪しければ、よく、顔を見ていたんだろうがね。刑事だったということしか、覚えていないんだな」

「なるほど。一般の人は、刑事を個人として見ていないからですかね」

「そうだろう。刑事を個人として見ていないし、名前で呼ばないからね。刑事という、抽象的な名前で覚えているんだ」

と、十津川はいった。

「それは、われわれにも、責任がありそうですね。われわれだって、いちいち、名前をいわずに、警視庁捜査一課の者だといいますからね」

と、亀井もいった。

「身長一七五センチ前後、やせ形といっているが、こんな体形の男は、いくらでもいるからね」

と、十津川はいった。

「だが、犯人は、人質の中尾祐子を連れています」

「そうさ。そこが、犯人の弱味さ」

と、十津川は微笑した。

だが、いぜんとして、中尾祐子を発見したという報告は、入って来ない。

「警部は、犯人が、どうやって、中尾祐子を運ぶと、思われますか？」

と、亀井がきいた。

「それを、いろいろと考えてみたよ。車を使うことは間違いないと、思っている。拳銃《けんじゅう》や、ナイフで脅しながら、列車やバスに乗せて、運ぶことはしないだろう。短距離なら可能だが、何しろ、四国の道後からだからね」

「車なら、考えられるのは、車のトランクですが、そんなことはしないでしょうね。検問で、まず調べるのはトランクですから」

「そうだよ」

「私も、いろいろと考えてみたんです。犯人の立場になってです」

と、亀井がいう。

「その、カメさんの意見を聞きたいね」

と、十津川は、微笑して、促した。

「長距離トラックを盗み出し、その荷物の中に、中尾祐子を眠らせて隠して運ぶ」

「なるほどね」

「次は、カラのタンクローリーを奪い、タンクの中に、石油の代りに人質を入れて運びます」

「悪くないね」

「長距離バスの場合、床下に、運転手が、仮眠をとる箱のようなものが設けられています。何とかして、その中に、中尾祐子を押し込み、犯人は、客の一人として乗って行く」

「うん。いいね」

「駄目ですね。検問で、見つかってしまいますね」

と、亀井は苦笑した。

3

その頃、大阪の八尾《やお》空港に、タクシーが、飛び込んできた。

小型飛行機専用の空港で、「西日本M飛行会社」の事務所がある。双発のビーチクラフト機など、五機を所有し、遊覧飛行や、緊急の病人を運んだり、血清を届けたりしている。

その事務所の前に着いたタクシーから、中年の男が飛び降りると、事務所に入って来た。

応対に出た、所長でパイロットの有田《ありた》に向って、その男は、

「至急、東京へ運んでもらいたい患者がいます」

と、切羽つまった声で、いった。

「どんな患者ですか?」

と、有田はきいた。

「とにかく、見て下さい」

と、男はいった。

タクシーのリア・シートを見ると、女が寝かされている。顔一杯に、赤い発疹《ほっしん》が出ていて、熱にでも浮されているのか、眼を閉じ、口を小さく開いて、喘《あえ》いでいる。

「何の病気ですか?」

と、有田はきいた。

「東南アジアで、よくある熱病の一種です」

「うつりませんか?」

「その危険はありませんが、一刻も早く手当てをしないと、死んでしまいます」

と、男はいった。

「それなら、大阪の病院に運んだ方がいいんじゃありませんか? 優秀な病院はいくらでもありますよ」

と、有田はいった。

「それが、駄目なのです。東京八王子《はちおうじ》の中央病院にしか、この熱病の特効薬が、用意されていないのです」

「失礼ですが、あなたは？」

と、有田がきくと、男は、名刺を取り出して、それを渡した。

名刺には、八王子中央病院内科部長、林良太郎《はやしりようたろう》と、刷られている。

「お医者さんですか」

「私が、今、その特効薬を持っていればいいんですが、中央病院にしかありません。だから、一刻も早く、この患者を運びたいのです。車や、列車では、間に合わないので、ここに、お願いに来たのです」

と、相手はいう。

有田は、壁の地図に眼をやって、

「八王子というと、調布飛行場が近いな」

と、呟いてから、男に、

「これから、飛行許可を取るので、少し、時間がかかりますよ」

「早くやって下さい。時間との勝負ですから」

「わかりました。双発のビーチクラフトを使いましょう」

と、有田はいった。

駐機中のビーチクラフトの機内に、担架が付けられ、まず、患者を、それに寝かせ、落ちないように、担架に縛りつけた。

4

警視庁から、吉田インターチェンジにいる十津川に、連絡の電話が入った。

連絡してきたのは、十津川と同期で、警察庁に入った寺沢《てらさわ》だった。

「中尾祐子が見つかったという報告は、どこからもないが、気になる情報が一つある」

と、寺沢はいった。

「どんな情報だ？」

と、十津川はきいた。

「大阪府下の八尾空港に、熱病にかかった女が運び込まれて、至急、八王子の中央病院へ運んでくれといわれたというのだ。調布の飛行場に着いて、それからは救急車で運ぶ」

「どんな女なんだ？」

「年齢は、三十歳少し前ぐらいに見えるそうだ。顔一杯に、赤い発疹が出ていて、高熱だそうだ」

と、寺沢はいう。

「その患者を連れて来たのは？」

「中年の男で、中央病院内科部長の名刺を出したといっている」

と、寺沢はいった。

ふと、十津川は、背筋に冷たいものが走るのを感じた。刑事としての勘みたいなものが、作用したのかも知れない。

「怪しいな」

と、十津川はいった。

「しかし、ホンモノの病人だよ。今、いったように、高熱で、顔に、赤い発疹が出ているんだ」

「おれは、ピリン系のカゼ薬を飲んで、身体中に、発疹が出て、三十九度の熱を出したことがある！」

と、十津川はいった。自然に、言葉使いが乱暴になった。

「それが、中尾祐子だと思うのか？」

と、寺沢がきく。

「ああ、八十パーセント、彼女だ」

「それなら、調布飛行場に刑事をやって、その患者を保護すればいい」

と、寺沢は、呑気《のんき》に、いう。

「保護するって、男が一緒なんだろう？　内科部長の名刺を出した――」

「いや、彼は、乗っていない」

「乗っていない？なぜ、乗らないんだ？」

「なんでも、その男は、これから、八王子の中央病院に電話して、熱病の特効薬を用意しておくこと、病室を確保しておくことなどを指示して、救急車で調布飛行場へ迎えに行くことを手配するといったそうだ」

と、寺沢はいう。

「じゃあ、飛行機に乗っているのは？」

「有田というパイロットと、病人だけだ」

「二人だけ？」

「そうだ。だから、機内で女が殺される心配もないし、調布飛行場へ迎えに行っても、抵抗されることもないんだよ」

と、寺沢はいった。

「おかしいな」

と、十津川は呟く。

「だから、中尾祐子じゃないんじゃないのか」

「いや、彼女のような気がして仕方がない。その飛行機は、もう、離陸したのか？」

「二十五分前に、出発している」

「――」

十津川は、受話器に耳を当てたまま、考え込んでしまった。

「おい、大丈夫か？」

と、寺沢の声が、きく。

「東経一三八度一五分だ」

「何だって？」

「危いんだ！」

「中央病院に電話して、熱病の特効薬があるかどうか、内科部長から連絡があったかどうか、確認してみようか？」

「その時間はない。飛行機を操縦しているパイロットに、連絡がとれないか？」

「とれるよ。無線で交信できる」

と、寺沢はいった。

「すぐ、連絡をとってくれ」

「とったら、どうする？」

「東経一三八度一五分の線に着くのは、あと何分後か、聞いて欲しい。いや、島田あたりといった方がいいかも知れないな」

「わかった。君との電話線は、このままにしておくぞ」

と、寺沢はいった。

十津川の顔が青い。彼の推理が当っていれば、犯人は、その飛行機が、上越市か、善光寺の南東の位置に来たとき、中尾祐子ごと、爆発させる気なのだ。

一三八度一五分の線に来るまでに、着陸させ、パイロットと一緒に助け出さなければならない。

「東名高速に、軽飛行機を着陸させられないかな？　上下線の車を、全部、止めてだが」

と、十津川は、受話器を持ったまま、亀井にきいた。

「無理でしょう。中央分離帯にぶつかってしまいます」

と、亀井が答える。

受話器に、また、寺沢の声が飛び込んできた。

「あと二十五分で、島田市の沖を通るといっている」

「それまでに、どこかに着陸するようにいってくれ。いや、ぎりぎりでは危いから、あと二十分以内だな。着陸したら、病人を担いで、なるべく、飛行機から離れろとね」

と、十津川はいった。

また、寺沢の声が聞こえなくなった。パイロットと交信しているのだろう。

二、三分して、寺沢の声が戻ってきた。

「八尾に引き返すか、名古屋の小牧《こまき》空港に着陸したいといっている」

「駄目だ。そんな時間はないよ」

「じゃあ、どうしたらいいんだ?」

「とにかく、すぐ着陸しろと伝えてくれ。そうしないと、爆発して、墜落すると、脅すんだ!」

と、十津川は怒鳴った。

5

有田は、まだ、半信半疑だった。

いきなり、あと、二十分で、このビーチクラフトが爆発するといわれても、信じられないのが当然ではないか。

しかし、警察庁の刑事の声は、真剣だった。

今日、病人を連れて来た男が、機内のどこかに、時限爆弾を仕掛けたというのだ。そういえば、あの男は、病人の様子を見るといって、何回も機内に入っていったし、その上、医者のくせに同乗しなかった。

(大変なことになりやがった)

と、有田は舌打ちした。

八尾にも、名古屋の空港にも、行くだけの時間はない。

(何処へ着陸したらいいんだ?)

高度を下げて、下界を見たが、そんな適当な場所は見当らない。

有田は、必死に考えたあげく、

「浜名湖《はまなこ》の干潮の時間を教えてくれ」

と、無線でいった。

五分待って、

「一五時二四分」

という返事が戻ってきた。その間、有田は、機首を浜名湖に向けていた。他に、この辺りで、不時着できる場所が思い浮ばなかったのだ。

一五時二四分なら、今から、五分前である。

それなら、浜名湖の入口付近は、人間の膝《ひざ》くらいの水位しかなくなっているのではないか。

その水位なら、着水しても、溺《おぼ》れる心配は、まず、あるまい。

「浜名湖に着水するから、漁船は退避するように伝えてくれ」

と、有田は、無線で頼んだ。

視界に、浜名湖が見えてきた。

あさり取りの小さな漁船が、あわてて、岸に向って、逃げていくのが見える。

有田は、機を半周させ、風下に廻り込み、風上に向って、スピードを落していった。

フラップを下げ、車輪も出す。スピードが、どんどん、落ちていく。

湖面が、迫ってくる。

歯をくいしばって、衝撃に備える。

それでも、激しい衝撃が襲いかかった。フロントガラスが衝撃で割れ、海水が入ってくる。

だが、飛行機は、沈まない。

有田は、操縦席から抜け出すと、客席に横たえられている女のところに行き、ロープを外して、彼女を抱きあげた。

ドアを蹴破《けやぶ》るようにして、機外に出た。

湖の中に入る。予想した通り、水位は、膝あたりまでしかない。

あさり取りの小舟が一艘《いっそう》、近づいてきた。

「この病人を乗せてくれ！」

と、有田は、大声で叫んだ。

漁師が、陽焼けした腕を伸ばして、病人を受け取り、舟の中に寝かせてくれた。

有田も、その漁船に飛び乗ると、漁師に向って、

「すぐ、離れるんだ。間もなく、爆発する」

と、いった。

「本当かね？」

「本当だ。早く離れないと、危い」

と、有田自身、半信半疑のまま、声を大きくした。

漁師は、エンジンをかけ、漁船を岸に向けた。

近くの鉄橋を、新幹線が、通過して行った。

その向うの橋を、車が、ひっきりなしに往来している。

「本当に、爆発するのかね？」

と、漁師が、もう一度、きいた時、轟音《ごうおん》を立てて、ビーチクラフト機の白い機体が裂け、火柱があがった。

吹き飛ばされた機体の破片が、湖面に、次々と落下して、水しぶきをあげる。

（やはり、本当だったのか）

有田の胸に、改めて、恐怖がわきあがってきた。

第八章　沈黙の壁

1

中尾祐子と思われる女が、浜名湖近くの病院に収容されたときいて、十津川は、亀井と、車で急行した。

病院に着いた時には、五時を過ぎていた。

中には、県警の刑事たちが、警戒に当っていた。

十津川と亀井は、病人を診たという医者に会った。

「彼女の容態は、どうですか？」

と、十津川がきくと、医者は、

「点滴をして、二、三日、寝ていれば、治りますよ」

と、あっさり、いった。

「なぜ、発疹が出て、高熱になったと思われますか？」

「多分、あの患者は、アレルギー体質で、それに合わない薬を飲んだんだと思いますね」

と、医者はいった。

「例えば、どんなですか？」

「アレルギーの人に、強い抗生物質を与えたりすると、ああいう発疹が出ますよ」

と、医者はいった。

犯人は、多分、彼女がアレルギー体質なのを承知していて、副作用の強い薬を飲ませるか、注射したに違いない。

「今、話せますか？」

と、亀井がきいた。

「今は、眠っています。起きたら、話をしても、大丈夫だと思いますね」

と、医者はいってくれた。

十津川と亀井は、それまで、病院の待合室で時間を潰《つぶ》すことにした。

病院の中の売店で、牛乳とパンを買い、それを食べながらの時間待ちだった。

面会を許されたのは、二時間余りしてからだった。それでも、精神的に参っているので、刺激的な質問はしないこと、時間は、せいぜい三十分と、釘《くぎ》を刺されてしまった。

病室に入ると、中尾祐子は、眼を開けて、十津川と亀井を見た。顔には、まだ、発疹が残っている。

「助かって、良かったですね」

と、十津川は、まず、いった。

「ありがとう」

と、祐子は、小さい声で礼をいった。

「われわれが、一番知りたいのは、あなたを誘拐した人間のことです。いったい、誰が、あなたを誘拐したんですか？」

と、十津川はきいた。

「わかりません」

と、祐子は、か細い声で答える。

「男だということは、わかっているんですが、ひょっとして、あなたは、相手のことを、よく知っているんじゃないかと思いましてね」

と、十津川はいった。

「知りませんわ。ぜんぜん、知らない人です」

と、祐子はいう。

「なぜ、自分が誘拐されたか、その理由はわかりませんか？」

「いいえ。全くわかりません」

「今度の誘拐は、非常に奇妙なものでした。普通なら、身代金が目的なんですが、あなたの場合は、あなたを殺すために、誘拐しているんです。こんなことは、初めてです。あなたを、四国の道後と、別の場所に連れ出すために、誘拐しているんです。それについて、あなたに、心当りはありませんか？」

「ありませんわ」

と、祐子は、短く答える。

「あなたは、前に、新潟県の上越市で、喫茶店をやっていたことがありますね。堀永一さんとです。彼は、野沢温泉で殺されました。そして、今度、あなたが殺されそうになった。恐らく、犯人は、同一人だと思っています。この点について、何か、心当りはありませんか？」

と、十津川はきいた。

堀永一の名前を出した時、彼女の表情が、一瞬、動いたように見えた。しかし、口をついて出たのは、

「心当りはありませんわ」

という、短いものだった。

「堀永一さんは、知っていますね？」

「はい」

「なぜ、上越市に行ったんですか？」

「堀さんに頼まれたからです」

「堀さんが、殺されたことについては、どう思います？」

「びっくりしましたけど、私には関係ないと思いました」

「善光寺のニセのおみくじを、もらいましたね？　凶のおみくじです」

と、亀井が、祐子の顔を、のぞき込むようにして、声をかけた。

「知りません」

と、祐子はいう。

「そのおみくじのせいで、あわてて、四国の道後に逃げたんじゃないんですか？」

「家族に会いたくて、道後に帰っただけですわ」

と、祐子はいう。

亀井は、いらだちを顔に見せて、

「本当のことを話してくれないと、あなたを守れなくなりますよ。犯人は、また、あなたを狙ってくる。その時に、何もわからないのでは、警察は、あなたを守れないんです」

「私も、何もわからないんです。犯人も知りませんし、なぜ、こんな目に遭うのかも、わかりません」

祐子は、かたくなに、知らない、わからないと、繰り返した。

「死にたいんですか？」

と、亀井は、腹立たしげにいった。

「疲れました。眠らせて下さい。お願いします」

と、祐子はいい、眼を閉じてしまった。

「中尾さん！」

と、亀井が、大声を出した。十津川は、それを止めて、

「今日は、もういい」

と、いって、病室の外に出た。

亀井は、不満気に、

「なぜ、本当のことをいわないんですかね。彼女は、間違いなく、犯人を知っているし、なぜ、自分が殺されかけたのか、その理由も知っているに違いありませんよ」

と、いった。

「そうだろうね」

「なぜ、話してくれないんですかね？」

「話せば、彼女も、罪になるからだろうね。今までに殺された連中と、彼女は、一緒になって、何か、犯罪を行ったんだ。だからだと思うね」

「私も、そうだとは思いますが、それが何なのかわからなくては、事件を解決できません」

亀井は、口惜しそうに、いった。

「アメリカみたいに、取引きが出来れば、彼女も、話してくれるかも知れないがね」

と、十津川はいった。

「彼女が、犯罪を犯していても、それを、不問に付すという取引きですか？」

「ああ」

「それは、出来ませんよ。そんなことをしたら、何のために、われわれが犯罪を追うのか、わからなくなってしまいますからね」

「その通りさ。だから、辛抱強く、彼女に接しなければならないんだよ」

と、十津川はいった。

「犯人も、彼女が助かったことに気付くでしょうね。飛行機が不時着して、パイロットも、客も、助かったことは、新聞に出ますから」

「そうだね」

「犯人は、また、彼女を殺しに来ますよ」

と、亀井はいった。

「わかっている」

「まだ、方角に拘わりますかね？　上越市か、善光寺の南東と予告したことにです」

と、亀井がいう。

「拘わってくれれば、この病院では、安全ということになって、われわれとしては有難いよ。連れ出そうとすれば、今度こそ、犯人を捕えてやる」

と、十津川はいった。

「西本刑事たちを呼びますか?」

「そうしてくれ」

と、十津川はいい、連絡するために、亀井は、電話のところに走って行った。

2

西本たちが、病院に駆けつけたのは、一時間ほどしてからだった。

十津川を含めて、六人が、病院に集ったことになる。

「今日から、二名ずつ、交代で、中尾祐子の病室をガードすることにする」

と、十津川は、西本たちにいった。

その一方、パイロットの有田の証言を基にして、中尾祐子を連れて来た男の似顔絵の作成も、行った。

道後では、似顔絵作成が、うまくいかなかったが、今回は、有田が、しっかりと相手の顔を見ていた。

犯人は、きっと、中尾祐子もろとも、有田も爆殺してしまうつもりだったので、平気で顔を見せていたのだろう。

最初の夜は、十津川と亀井が、病院に詰めることにし、他の四人は、いつでも駆けつけられるように、近くの旅館に泊ることになった。

夜おそくなって、出来あがった犯人の似顔絵が、病院にいる十津川たちの手もとに届けられた。

年齢は、三十代前半ぐらいか。角張った、意志の強そうな顔だった。

「見たことのない顔ですね」

と、亀井はいった。

「そうだね。今回の事件を捜査していて、出会った男じゃないな」

と、十津川もいった。

「この男が、河野久志、牧原麻美、そして、堀永一の三人を殺し、四人目として、中尾祐子を殺そうとしているんでしょうか？」

亀井は、半信半疑の表情だった。一人で、四人を狙い、三人を殺すということは、ちょっと考えにくかったからだろう。

それも、強烈な動機があれば別なのだが、今は、その動機が、わかっていないのだ。

「私が心配なのは、犯人が、次は方角に拘わらずに、中尾祐子を殺そうとするのではないか

「その可能性がありますか？」

と、十津川はいった。

「犯人は、当然、警察が彼女から事情聴取すると、思っているだろう。そして、彼女の口から、犯人の身元が、明らかになるのではないか。それなら、もう、方角に拘わってはいられない。一刻も早く、彼女の口を封じてしまおうと、思うかも知れないからね」

と、十津川はいった。

「そうですね。それは、十分に、考えられますね」

と、亀井も肯く。

似顔絵はコピーされ、病院の人間にも配られた。この男を見かけたら、すぐ、知らせて欲しいと、頼んである。

「何とか、中尾祐子が、本当のことを喋《しやべ》ってくれるといいんですがねえ」

と、亀井は、彼女のいる病室の方に、眼をやった。

「彼女が、堀永一たちと組んで、殺人をやったか、それに近いことをやっていたら、なかなか、喋ってくれないだろうね」

と、十津川はいった。

「そんなことを、過去にやっているんですかね。今のところ、上越市で、堀永一と、わずか十日間だけ、喫茶店をやっていたことしかわからないわけですが」

「なぜ、十日間だけ、喫茶店をやったのかね？　どうも、不可解だよ」

「堀永一の気まぐれとは、思えませんね」

と、亀井がいう。

「その理由だけでも、中尾祐子が喋ってくれるといいんだがねえ」

と、十津川はいった。

「それなんですが、われわれが調べたところ、その十日間、堀永一と、中尾祐子が、事件を起こした形跡は、全くなかったんです」

「そうだったね」

「それなのに、なぜ、彼女は、その時のことを、われわれに喋ろうとしないんですかね？」

「わずか、十日間だけ、喫茶店をやる。しかも、地方都市で。カメさんなら、どんな場合に、そんなことをやるね？」

と、十津川がきいた。

「そうですねえ。単なる趣味じゃやりませんよ。堀だって、多分、金儲けのためにやったんでしょう」

「そうだろうね」

「考えられるのは、取り込みサギですね。会社を作るとか、店を開くかして、商品を大量に購入する。代金後払いということです。そうしておいて、商品を安く売却し、その代金を手にして、ドロンしてしまう。わずか、十日間ということから考えられるのは、このケースですね」

「地方都市で、やった理由は？」

「顔を知られていないし、人々が純朴で、欺し易いからでしょうね」

「なるほどね」

「しかし、いくら調べても、上越市で、堀に欺された被害者は見つかりませんでした。むしろ、堀は、五百万ばかり損をして、撤退しているんです」

と、亀井はいう。

「だが、堀が、ただ五百万損して、店を閉めたとは考えられないし、堀が殺されたり、中尾祐子が命を狙われたりするはずがないんだ」

「そうですね。自分の郷里でもない上越市で、わずか十日間だけ喫茶店を開いたことは、堀にとってどんなメリットがあるんですかね？　それが、わからない。見当がつきません」

と、亀井は、お手あげという表情で、いった。

「私にもわからないが、結果的に、堀を始めとして、三人の男女が殺され、一人が、今も、命を狙われることになったわけだよ。そうされても仕方がないことを、彼等はやったことになる」

と、十津川はいった。

「善光寺は、どう関係してくるんでしょうか？」

「それも、正直にいって、わからない点なんだ。善光寺が、人間を傷つけるとは思えないからね」

「ニセの善光寺のおみくじについては、どう思われますか？」

「それを受け取った河野久志や、堀たちに、思い当ることがあったとすれば、前に、それによって、傷ついた人間がいたことになる」

「ええ」

「だが、ホンモノのおみくじが、人を傷つけることは、まず、考えられないね。私は、凶のおみくじを引いたことはあるが、別に、がっくりもしなかったからね」

と、十津川はいった。

「私もです。もちろん、大吉が出れば、嬉しいですが、凶が出ても、それで、落ち込むということはありませんでしたね。それに、すぐ、忘れてしまいます」

「方角は、どうだ？　東は危険といわれると、そちらの方角には気をつけるかね？」

と、十津川がきいた。

「私は、気にしません。しかし、やたらに気にする人もいますね。私の親戚《しんせき》に一人、そういう人間がいました。四十二歳の大男なんですが、日曜日に、どこかに行く約束をしておいても、占いで、その方角が凶と出ると、がんとして出かけないんですよ。これは、おみくじではなくて占いですが」

「おみくじも、占いの一種と考えれば、それを気にする人には、影響力があるということだな。凶のおみくじを引けば、落ち込むかも知れないね」

と、十津川はいった。

「それを、利用したんですかね？ すごく気にする人間に、善光寺のおみくじを引かせて、凶が出れば、落ち込むでしょうからね」

と、亀井がいう。

「河野や、堀たちが、それを、やったというわけか」

「そうです」

「しかし、必ずしも、凶のおみくじを引くとは限らないよ。大吉のおみくじを引いてしまうかも知れない」

「だから、ニセモノのおみくじを作ったんじゃないでしょうか。凶のニセモノのおみくじを作っておいて、それを、相手に渡す。河野や、堀たちが、それをやった。だから、今、逆に凶のおみくじで脅されているんじゃないでしょうか？」

と、亀井がいった。

「そうだな。カメさんの推理は、当っていると思うよ」

「疑問が、どうしても、出て来てしまいますね」

「どんな疑問だね？」

と、十津川がきく。

「ここに病人がいて、すごく縁起を担ぐ人間だとします。その人間を、死に追いやろうとして、おみくじを利用します。善光寺のおみくじを引かせるが、凶のニセのおみくじと、すりかえてしまうわけです。病人は、それで、がっくりするでしょう。すごく、縁起を担ぐ人ですからね」

「どこが、疑問なのかね？」

「落ち込みはするでしょうが、果して、それで死ぬだろうかという疑問です。病人なら、医者にもかかっているでしょうからね」

「確かに、カメさんの疑問はもっともだな。凶のおみくじで、病人がショック死するというのは、考えにくいね」

と、十津川はいったが、言葉を続けて、

「だが、善光寺のおみくじを悪用する方法というと、そのくらいしか、考えつかないがね。凶のニセモノを作って、それで、相手を落ち込ませる方法しかだ。だからこそ、連中は、凶のニセのおみくじを送られて、あわてたんだと思うのだ」

「そうですね」

「くそ！　中尾祐子が、喋ってくれれば、こんなに悩むことはないのにな」

と、十津川は舌打ちした。

翌日、十津川と亀井は、再び、中尾祐子に会った。

この時も、医者に、三十分間と、時間を限られてしまった。

「われわれは、あなたを守りたいんですよ」

と、十津川は、こちらの気持を伝えようと、必死になった。

黙っている祐子に向って、

「犯人は、また、あなたを殺そうとするに決っています。だから、われわれは、全力をあげて、あなたを守らなければなりません。ただ、そのためには、あなたにも、協力して頂かなければならないのです。犯人について、全く知識がないと、どう守っていいかわかりません。あなたは、犯人のことを、よく知っているのではないか。なぜ、犯人が、あなたを殺そうとしているのか、それも、おわかりのはずです。それを、正直に話して下さい。そうすれば、われわれは、あなたを守りやすくなります」

と、訴えた。

ちらりと、祐子の表情が動いたような気がしたが、彼女の口をついて出たのは、

「私は、何も知りませんわ」

という言葉だった。

「あなたは、堀永一たちと組んで、誰かに何かをした。今、その報復を受けていることは、われわれにもわかっています。従って、あなたが、何もいいたくないことも、理解できます。しかし、このままでは、われわれは、あなたを守り切れない恐れがあるのです。今もいったように、あなたが沈黙しているので、犯人が全く、わからず、犯人の出方がわからないからです。あなた方が過去に何をしたか、どうしてもいいたくなければ、せめて、犯人について、話して下さい。あなたは、犯人の見当がついているはずです。どんな男なのか、名前だけでも教えて下さい。名前がわかれば、あなたを守りやすくなるんです」

「名前も、知りません。知らない男なんです」

と、祐子はいう。

「なぜ、そう、非協力的なんだ！」

亀井が、つい、大声をあげてしまった。

それでも、反応して来ない祐子に向って、亀井は、

「それじゃあ、あんたを、放り出したくなるんだよ。放り出して、誰に殺されようと勝手にしろと、いいたいんだよ。だが、われわれは、警官なんだ。殺されるかも知れないとなれば、生命《いのち》を張ってでも、守らなければならないんだよ」

と、大きな声で、いった。

「――」

「何だって？」

「私を、放り出して下さい」

と、祐子はいった。その眼が、亀井を睨《にら》んでいた。

「構いません。今すぐ、ここから、私を放り出して下さい。自分のことは、自分でやります」

「そんなことが、出来るはずがないだろう！」

と、また、亀井が怒鳴る。

祐子は、のろのろと、ベッドから起きあがって、病室から出て行こうとする。

十津川は、あわてて看護婦を呼び、祐子をベッドに寝かしつけて、亀井と廊下に出た。

「カメさん、言い過ぎだよ」

と、十津川はいった。

「申しわけありません。つい、カッとしてしまって」

亀井が、小さく、頭を下げた。

「カメさんの気持もわかるがね。あの様子じゃ、彼女は、絶対に、犯人の名前も、前に何があったかも、いわないな」

と、十津川はいった。

「いえば、自分も破滅すると、思っているんじゃないですかね？」

「そうだろうね」

「それだけ、彼女も、堀も、河野も、牧原麻美も、人を傷つけることをやっているということですね。殺人ですかね？」

と、亀井がいう。

「かも知れないな」

十津川は、小さく溜息をついた。まさか、それには眼をつぶるから、犯人の名前をいえとは、いえない。

と、すれば、祐子の口を開かせることは難しい。というより、永遠に出来ないのではないか。

彼女は、過去に何をやったかがばれたら、死刑になるとでも思っているのではないか。死刑になるくらいなら、とにかく、逃げ廻った方がいいという気なのかも知れない。たとえ殺されてしまうにしてもである。

「どうしたらいいんですかね？」

と、亀井がきく。

「カメさんが、今、彼女にいったじゃないか。彼女が協力しなくても、われわれは、警察官の義務として、彼女を守らなければならないんだ。生命がけでね」

と、十津川はいった。

病室から看護婦が出て来て、十津川に、

「困りますね。あれほど、刺激するようなことはいわないで下さいと、お願いしておいたのに。大声で、怒鳴っていたじゃありませんか」

と、いった。

「申しわけありません。彼女、どうしています？」

と、十津川はきいた。

「何とか、寝かしつけましたけど、妹さんを呼んで欲しいといっています」

と、看護婦はいった。

十津川は、道後で会った、祐子の妹の顔を思い出した。確か、由香という名前だったが。

「きっと心細いんだと思いますよ。呼んであげたら、どうですか？」

と、看護婦がいった。

「しかし、妹まで、危険にさらすことになりかねませんからね」

「警部。妹が来れば、彼女の気持がほぐれて、われわれに協力的になるかも知れませんよ」

と、亀井がいった。

「そうだな」

と、十津川も肯いた。

「すぐ、電話して来ます」

「電話番号はわかるの？」

「店の名前は覚えていますから、調べます」

と、亀井はいって、下へおりて行った。

3

祐子の妹を、ここへ呼ぶことが、プラスかマイナスか、十津川には、判断がつかなかった。

今まで連絡しなかったのは、祐子の家族まで、危険な目に遭わせるのが、いやだったからである。

それに、家族が駆けつければ、いやでも、犯人にわかってしまう。もちろん、祐子が、この病院にいることは、いつかは犯人に知られてしまうだろうが、その時間が早くなってしまうだろう。

また、祐子一人なら守りやすいが、家族が来れば、守りにくくなる。

その一方で、亀井のいう通り、祐子の気持がなごみ、何か、喋ってくれるかも知れないという期待もある。

その期待は、祐子が、両親にではなく、妹に会いたいといったことである。

祐子にとって、両親よりも、妹の由香が、いつも、相談相手だったのではないか。そうなら、妹から、祐子を説得させることが、出来るかも知れないのだ。

亀井が、電話して、戻ってきた。

「両親も来るというので、妹さんだけにしてくれといっておきました」

と、亀井はいった。

「それがいい。両親まで来たら、われわれには全員を守れないからね」

と、十津川はいった。

翌日の昼頃、妹の由香が、病院に着いた。

「すぐ、姉に会わせて下さい」

と、彼女はいい、看護婦と一緒に、病室に入って行った。

十津川は、しばらく、姉妹二人だけにしておくことにした。その間に、今日、祐子をガードする番の、西本と日下が、やってきた。

二人に、祐子の妹が来たこと、相変らず、祐子が非協力的なことを、十津川が話している
と、その由香が、病室から出て来た。

「姉は、ここを出たいといっています。道後に帰りたいって」

と、由香が、十津川にいった。

「そんなことをしたら、途中で殺されますよ」

と、十津川はいった。

「誰が、姉を殺すんですか？」

「それは、祐子さんが知っています。聞いてごらんなさい」

と、亀井がいった。

「姉が知っていれば、私にいうと思いますけど」

「いいたくない理由があるみたいなんですよ。われわれが聞いても、教えてくれないのです。妹のあなたが聞けば、教えるかも知れない。犯人が、どこの誰かわかれば、すぐ、逮捕します。それで、もう、お姉さんは、安全です」

と、亀井が、由香にいった。

由香は、どうしたらいいのかという感じで、ハンカチをいじっていたが、それをハンドバッグに戻そうとして、

「あらッ」

と、小さな声をあげた。

「どうしたんですか？」

と、十津川がきいた。

由香は、黙って、ハンドバッグの外側のポケットから白い小さな封筒を取り出した。

「それが、どうかしたんですか？」

と、十津川が、眼を光らせて、きいた。

「いつの間にか、入っていて――」

と、由香がいう。

「見せて下さい」

と、十津川は、奪うように取りあげた。何も書いてない白い封筒だった。

封は、開いてない。十津川が開けると、中から出てきたのは、例のおみくじだった。

凶と、大きく書かれている。

十津川は、反射的に、その下に書かれてある文字に眼をやった。

〈南西は危険――〉

と、あった。

南東が、南西に、変ったのだ。

十津川の眼が、険しくなった。明らかに、犯人は、この病院で殺してやるぞと、宣言していると思ったからだった。

第九章　ジグソーパズル

1

「今日は、何に乗って、来ましたか？」

と、十津川は、由香にきいた。

「大阪まで飛行機で来て、あとは、新幹線で来ましたけど」

と、由香はいう。

「飛行機か、新幹線の中で、近くに、おかしな挙動の人間はいませんでしたか？」

「わかりませんわ。姉のことで、頭が一杯でしたから」

と、由香はいった。

その通りだろうと、十津川は思う。しかし、ここへ来る飛行機か、列車の中で、何者かが、このおみくじを、由香のハンドバッグに忍び込ませたことは、まず、間違いないはずだ。

「犯人は、妹さんを、監視していたということになりますね」

と、亀井が、十津川にいった。

「そう考えられるね。妹さんが、必ず、姉さんの病院に見舞いに行くと犯人は読んで、尾行し、隙《すき》を見て、このおみくじを、ハンドバッグに押し込んだんだよ」

「律儀な奴ですね」

と、亀井は苦笑した。

十津川も、笑って、

「確かに、そうだね。ただ、殺したいだけなら、時限爆弾を、ハンドバッグに忍び込ませるだろう。だが、犯人は、殺す場所を、まず訂正している」

「なぜ、そんな面倒くさいことをするんでしょうか？」

「犯人にとって、それが、必要な儀式なんだろうね。理由はわからないが」

と、十津川はいった。

「姉は、どうなるんですか？」

と、由香が、心配そうにきいた。

「また、命を狙われます」

と、十津川はいった。

「誰が、何のために姉を殺そうとするんですか？」

「今もいったように、それは、お姉さんが、知っているはずなんです。それをわれわれに話してくれれば、何とか、お姉さんを守れるんですがね」

と、亀井がいった。

「でも、姉は、何も知らないといっていますわ。それに、すぐ、道後に戻りたいともいっているんです」

「そんなことをしたら、今度こそ、間違いなく、殺されてしまいますよ」

と、十津川はいってから、

「お姉さんは、新潟県の上越市で、喫茶店をやっていたことがあるんですが、その時のことを、妹のあなたに話したことがありませんか?」

「そういえば、一度、新潟から、姉が、電話してきたことがありましたわ」

「その時のことを、詳しく、話してくれませんか」

「詳しくといっても、姉は、喫茶店をやってたなんてことはいいませんでしたし、短い電話でした。その時は、確か、道後のお店を広げるのに、どのくらいかかるって、聞いていましたわ」

と、由香はいった。

「その費用を、お姉さんが、出すといったんですか?」

「全部ではありませんけど。それで、姉は、きっと、何か商売をやって儲けたんだなと、思いましたわ」

「その商売の内容については、話してくれましたか？」

「いいえ」

と、由香はいったあと、

「姉は、何か、法律に触れるようなことを、していたんでしょうか？」

と、きいた。

十津川は、一瞬、迷ったが、正直にいうことにして、

「その通りです。また、そのために、命を狙われたと思っています。相手は、必ず、また、狙って来ます。その表れが、このおみくじです」

「警察が、守って下さるんでしょう？」

「もちろん、全力を尽くしますが、犯人が、どんな人間か、何人いるのかがわからなくては、なかなか、ガードの方法がわかりません」

「でも、姉は、なぜ、殺されそうになったか、わからないといっていますけど」

「お姉さんとしては、そういわざるを得ないんだと思いますがね。でも、あなただって、わかるはずです。何もないのに、命まで狙う人間がいるでしょうか？　しかも、予告しておいてです」

と、十津川はいった。

由香は、黙ってしまった。姉の言葉を信じたらいいか、それとも、十津川の言葉を信じたらいいか、迷っているというのではないだろう。彼女にだって、姉に何かあったから、命を狙われたと、わかっているに違いないのだ。

由香が黙っているので、十津川は、言葉を続け、

「われわれとしては、お姉さんと取引きは出来ません。ただ、今の段階で、警察に協力してくれれば、そのことは、必ず、留意することにします。この約束だけはしますよ。何とか、お姉さんを説得して、全部とはいいませんが、犯人のヒントだけでもわかるようにしてくれませんか」

「姉は、道後に帰りたいといっていますけど」

「このおみくじを見せたら、その気持は変わると思いますよ。犯人は、すでに、三人の人間を殺しているのです。それも、容赦なくです。あなたのお姉さんだけを、このまま、見逃すはずがありません。それは、このおみくじを、あなたのハンドバッグに入れておいたことにも、表れています。そのことを、よく考えるようにいって下さい」

と、十津川はいった。

由香が、もう一度、姉の祐子と二人だけで病室で会って、話をすることになった。

由香が病室に消えると、亀井が、

「うまくいきますかねえ」

と、腕を組んで、十津川を見た。

「何ともいえないな。問題は、中尾祐子が、上越市で何をやったかだろうね。重罪に値するようなことをしていたら、口は開かないかも知れない」

と、十津川はいった。

「そうですね。誰だって、刑務所行きは嫌でしょうからね」

「ただ、今回、犯人が、やり過ぎたのではないかと思ってね。それに期待しているんだよ」

と、十津川はいった。

「飛行機ごと、爆殺しようとしたことですか?」

「いや。それより、妹の由香に、例のおみくじを渡したことだよ」

「あれは、当人の中尾祐子に、どこでも殺すぞと、脅しをかけたんでしょうね」

「もちろん、その通りさ。今頃、祐子は、あのおみくじを見て、ふるえあがっていると思うよ。ただ、犯人が、やり過ぎてしまって、祐子は、恐怖にかられて、われわれ警察に協力する気になるかも知れない。私は、それに期待しているんだがね」

「そうですね。殺される恐怖は、目前に迫っていますが、彼女が何かやっていて、刑務所に入らなければならないとしても、それは、まだ、想像の段階ですからね」

と、亀井もいった。

由香は、なかなか、病室から出て来なかった。

そのことに、十津川は、いらだつよりも、期待を持った。祐子が迷っている証拠だと思ったからである。それなら、少しは脈があるのだ。

一時間近くたって、やっと、由香が病室を出て来ると、十津川に向って、

「姉が、警部さんとだけ、話したいといっています」

と、いう。

十津川は、黙って肯き、一人で病室に入って行った。

祐子は、ベッドの上に、上半身を起こして、十津川を待っていた。

十津川は、ベッドの横の椅子に腰を下ろした。

「話を聞きましょう」

と、十津川はいった。

「私は、これから、どうなるんでしょう？」

と、祐子は、疲れた顔できく。

「われわれは、あなたを守る。これは約束します。それが警察の仕事ですからね。そして、犯人を逮捕します」

「――」

「ただ、それだけで終らないことも、この際、いっておきますよ。犯人を訊問し、なぜ、連続殺人に走ったか、その理由を明らかにします。当然、殺された三人と、あなたが、過去に

何をしたかも、明らかになる。犯罪なら、あなたを逮捕して、起訴せざるを得ない。これは、必ずやりますよ」

十津川は、脅すようにいった。祐子の顔色が、青ざめる。

「私が、何もかも話したら、どうなるんでしょう?」

と、彼女がきいた。

「それでも、あなたと、殺された三人が、何をしたかは、究明しますよ。あなたを守るのも警察の仕事なら、これも、われわれの仕事ですからね。ただ、あなたが、裁判にかけられた時、私が証人として呼ばれれば、あなたが警察に協力したことを証言します。約束します」

と、十津川はいった。

「私も、犯人を知らないんです」

と、祐子はいった。

「知らない?」

「ええ」

「本当に、知らないんですか?」

「ええ。だから、余計に怖いんです」

と、祐子はいう。

十津川は、黙って聞いていた。

「しかし、自分が、なぜ、狙われるのか、心当りはあるんでしょう？」

「それは——」

「それを、話して下さい」

「東京の浅草《あさくさ》に、広まつという、カニ料理の店がありました。松山《まつやま》という年とった夫婦がやっていたお店です」

と、祐子はいう。

「そのご夫婦のことを調べてくれたら、犯人もわかってくるのではないかと思いますわ」

と、祐子はいった。

「あなたとの関係は？　あなたが、上越市で、喫茶店をやったことと、どんな関係があるんですか？　善光寺との関係は？」

と、十津川がきくと、祐子は、目をつむってしまって、

「今は、まだ、いいたくありません」

と、いった。

2

十津川は、西本たちに病院の警護を頼んでおいて、急遽、亀井と、東京に戻ることにした。

電話で、浅草警察署に、「広まつ」というカニ料理店について、調べておいて欲しいと頼んでおいたので、十津川と亀井が浅草署に着くと、すぐ、資料を見せられた。

「もう、広まつという店は、ありません」

と、内田《うちだ》という浅草署の刑事がいった。

渡された資料の中には、その店の写真も、何枚か入っていた。

「潰れたのかね？」

と、亀井がきいた。

「そうです。それに、経営者の夫婦が、心中しました」

「松山という夫婦か」

「そうです。そこに、顔写真と経歴があります」

と、内田がいう。

十津川と亀井は、渡された資料の中から、松山夫婦の写真に目をやった。

夫は、松山友一郎《ゆういちろう》、六十二歳。妻の松山ふみ子は、六十歳である。

写真は、夫婦が、店の前で並んで撮ったものだった。二人とも小柄で、夫のほうは、実直な感じ、妻のほうは、いかにも、働き者という感じがする。

松山夫婦は、ともに、新潟の生れだった。

松山友一郎は、柏崎《かしわざき》市内で生れ、高校を卒業後、上京し、上野の靴店に就職した。まだ、戦後の混乱期である。

その後、その靴店が潰れ、次に、大衆食堂に勤める。彼は、こつこつと金を溜《た》め、三十二歳の時、浅草で、カニ料理の店を始めた。カニ料理にしたのは、故郷の新潟が、カニの本場だったからだった。

自分の店を持ったのを機会に、松山は、同じ新潟生れの女、ふみ子と結婚した。

ふみ子は、日本海沿岸の小さな漁村の生れで、地元の中学を出たあと、新潟で働いていたが、十八歳の時、上京している。

松山夫婦は、一生懸命に働き、借りていた土地と店を買い取り、それを広げていった。最初は夫婦二人だけでやっていたのが、今年の初めには、十二人の店員を傭うまでになった。

「夫婦の不満といえば、子供が出来ないことだけだったようです」

と、内田刑事はいう。

「それが、突然、心中したのかね？」

と、十津川は、確認するようにきいた。

「そうです。店も、今はありません。その理由は、まだわかりません」

と、内田はいった。

翌日、十津川と亀井は、「広まつ」というカニ料理の店のあった場所に、行ってみた。

場所は、田原町《たわらまち》と雷門《かみなりもん》の中間あたりで、今は更地になっていた。田原町の不動産会社の立札が立っている。

二人は、その不動産会社に足を運び、警察手帳を示してから、土地を取得した事情をきいた。

「あそこは、松山さんから、正式に購入しています」

と、不動産会社の営業課長はいい、登記書や、領収書などを見せてくれた。

領収書には、三億円の金額が、書き込まれてあった。

「バブルの頃だったら、十億円はしたと思いますよ」

と、営業課長はいった。

この会社が、問題の土地を購入した月日は、今年の二月十八日になっていた。

「松山さんは、なぜ、長年やってきたカニ料理の店を、売ったんでしょうか？」

と、十津川はきいた。

「松山さんご夫婦は、なんでも、郷里に帰って、余生を送りたいと、話していたそうですからね。そのため、あの店を、処分したんじゃありませんか。人間は、年齢《とし》をとると、生れ故郷に帰りたいと思うものですからね」

「郷里というと、新潟ですね？」

「ええ。そう聞いています」

「そのあと、松山さん夫婦が、心中したのは、ご存知ですか？」

と、十津川はきいた。

「ええ。それで、びっくりしましたね。うちが、あの店と土地を購入した直後ですからね」

「なぜ、亡くなったと思いますか？」

「本当のところはわかりませんが、悪い人間に欺されて、全財産を奪われて、それで、心中したんだという噂は、聞いたことがありますよ」

と、営業課長はいった。

松山夫婦は、三月五日、直江津の近くの日本海に身を投じて、死んだのだった。

遺書は、なかった。

十津川と亀井は、次に、「広まつ」の近くに住む人たちに話を聞くことにした。

二十年以上の付き合いだったというそば屋の主人や、同じ新潟県人なので、よく、故郷の話をしたという本屋の主人などから聞いた話で、少しずつ、松山夫婦の人物像が、十津川の頭の中で出来ていった。

3

松山夫婦は、二人とも、優しく、おだやかな人柄で、働き者だった。

店員が、たいてい、五年、六年と、長く働いているのは、松山夫婦の人柄のせいだろう。

その松山夫婦も、夫の友一郎が還暦を迎えて、子供がいないこともあって、郷里の新潟に帰りたいと、思うようになってきたらしい。

「松山さんの生れた柏崎の近くに、土地を買って家を建て、そこに住んで、これからの人生を送りたいといっていましたよ」

と、同じ新潟生れの本屋の主人は、いった。

「それで、店を閉め、土地を売ったんですね？」

と、十津川は、本屋の主人にきいた。

「ええ。田原町の不動産会社にね。三億円で売れたといっていましたよ」

「新潟では、何をやるつもりだったんですかね？」

「向うでは、漁港の近くに、カニや、魚の加工工場を造りたいといっていましたよ」

「なぜ、そんな仕事を郷里でやりたいと、思ったんですか？」

と、十津川はきいた。

「何でも、偉い先生が、すすめてくれたんだそうですよ。これからは、地元に根ざした産業が発展する。それに、郷里に帰りたいという気持が、ぴったりしたので、うれしかったといっていましたね」

「偉い先生というのは、どういう人なんですか？　地元の代議士か何かですか？」

「いや。確か、有名な経営コンサルタントの先生といっていましたよ」

と、本屋の主人はいった。

その言葉で、十津川は、堀永一の名前を思い出した。

「なぜ、松山さんは、その経営コンサルタントの言葉を信じたんですかね？」

と、十津川はきいた。

「その先生も、同じ新潟の出身だったし、先生自身、実際に、東京での豊かな生活を捨てて、新潟に帰って暮しているんだそうです。それで、信用したんじゃありませんかね」

「それは、新潟の上越市じゃなかったですか？」

「そこまでは知りませんが、松山さんが、その先生を信用して、いいなりになっていたことは間違いないですよ。私は、そんなに簡単に信用するなといったんですが、先生は、大銀行の人間にも、付き合いがあるんだといいましてね。きっと、それで欺されたんだと思いますよ」

本屋の主人はいった。

「その先生の名前を、知りませんか？」

と、亀井がきくと、相手は、当惑した顔になって、

「残念ながら、知りません」

と、首を横に振った。

飲食店仲間の、そば屋の主人は、松山友一郎とは、年に一回か二回、旅行に行く仲だった

という。

「あの人は、妙に信心深いところがありましてね。特に、長野の善光寺は、信仰していたみたいですよ。私も、一緒に行って、松山さんから、いろいろ、説明してもらったことがあります」

と、そば屋の主人はいった。

「その時、おみくじを引きましたか？」

と、十津川はきいた。

「おみくじですか？」

「ええ。善光寺では、おみくじを売っているでしょう？　確か、普通のおみくじと、血液型別のおみくじが」

「ああ。あれは買いましたよ。松山さんも、奥さんも、好きなんです。それに、とても信じるんですよ」

「どの程度にですか？」

と、亀井がきいた。

「何でも、松山さんが自分で独立して店を持とうと思った時、善光寺へ行って、おみくじを引いたら、大吉で、その上、仕事は独立のチャンスとあったので、思い切って独立したら、うまくいった。それ以来、善光寺さんを信頼しているといっていましたね」

と、そば屋の主人はいった。

十津川の頭の中で、少しずつ、ジグソーパズルが解けていく感じだった。得体の知れぬ犯人の行為が、一つずつ、理由のあるものだったことが、納得できていくのである。

亀井も同じだったらしく、そば屋の主人の話を聞いたあと、十津川と、喫茶店でコーヒーを飲みながら、

「残りは、牧原麻美だけですね。彼女のパートがわかりません」

と、笑顔でいった。

十津川も、肯いて、

「そうだね。元銀行員の河野久志、インテリア・デザイナーの牧原麻美、経営コンサルタントの堀永一、そして、中尾祐子の四人が、しめし合せて、カニ料理店の松山夫婦を欺して、三億円を奪い取ったということだろうね、いや、店を売った三億円だけでなく、それまでに貯えた金も、欺し取ったんだと思うね。その結果、松山夫婦は、自殺した。河野、堀、中尾祐子の三人の役目は、だいたいわかったが、カメさんのいう通り、牧原麻美の役目だけは、まだ、わからないね」

「連中は、松山夫婦に、東京の店を売って、それで、新潟の漁港の近くに、カニや、魚の加工工場を建てれば儲かると、吹き込んだんでしょう。松山夫婦は、そろそろ、郷里の新潟に帰りたいと思っていたところだったから、その話にのってきたんだと思います」

「そこは、逆かも知れないよ」

「逆といいますと？」

「松山夫婦の希望を、どこかで耳に挟んで、連中は、カモと見て、加工工場の話をでっちあげて、近づいたというのが、正確なところだろう」

と、十津川はいった。

「なるほど。それが正確な順序かも知れませんね。ところで、牧原麻美の役割りですが、松山夫婦を欺す、工場や住居のインテリア・デザインを描き、もっともらしく、話を作りあげる手助けをしたんじゃないかと思うんですが、違いますかね？　工場や住居の室内デザインを、美しく、描きあげて見せれば、人のいい松山夫婦は、まさか、その話がインチキだとは、思わないんじゃありませんかね」

と、亀井はいった。

「なるほどね。インテリア・デザインか」

「社長室の飾りは、どうする。窓のカーテンは、こんな色に。更に、二人の住居は、優しい照明と、柔らかなじゅうたん。和室は、どんな設計にするか、やすらぎのために、茶室も造り、その室内は、こうする——といったデッサンを何枚も描き、松山夫婦に見せたんじゃありませんかね。そんな、美しいデッサンを見ていると、それが、もう、実現したような錯覚に落ち込みます。そうなれば、欺しやすいですからね」

と、亀井がいう。

「カメさんの推理が、当っているかも知れないな。私の友人が、伊東《いとう》の別荘を買ったんだが、部屋の中のインテリア・デザインを見せられて、買う気になったといっていたからね。ただの設計図を見せられただけでは、買う気にならなくても、その部屋を、じゅうたんや、カーテン、ソファなどで飾り立てた絵を見せられると、買う気になるかも知れないからね」

と、十津川はいった。

「これで、四人の役割りが、はっきりしましたね」

亀井が、満足そうに、いった。

4

金が欲しくて仕方のない四人の男女がいた。

銀行員の河野久志

経営コンサルタントの堀永一

元女優でインテリア・デザイナーの牧原麻美

ホステスの中尾祐子

この四人である。

彼等が、どんな形で知り合ったかは、まだ、わからないが、欲望で結びついたことだけは間違いないだろう。

そして、四人は、松山夫婦を標的に決めた。多分、松山夫婦が、東京の店を引き払い、郷里の新潟に住みたがっているという話を耳にしたからだろう。

まず、自称経営コンサルタントの堀永一が、松山夫婦に会ったに違いない。彼は、今は地方の時代だと吹きまくり、自分のすすめるようにすれば、郷里の新潟で、必ず、成功すると、松山夫婦に売り込んだ。

ただ、それだけでは、松山夫婦が信用しないだろうと考え、実は、自分も新潟の生れで、実際に、郷里の新潟で、喫茶店を妻の祐子と始めたところだといい、上越市に連れて行く。そこには、間違いなく喫茶店があり、祐子と二人でやっていたから、松山夫婦も、信用する。

今は、この店は片手間だが、あなたぐらいの年齢になったら、本格的に上越市に住むことを考えているぐらいのことはいったのだろう。

なぜ、上越市にしたかは、恐らく、この町が、松山友一郎の生れ育った柏崎に近かったからに違いない。柏崎にしてもいいのだが、それでは、あまりにも、わざとらしいと思ったのかも知れないし、柏崎生れの松山友一郎に、懐かしがって、町のことを、いろいろと聞かれて、尻尾《しっぽ》を出すことになるのが怖かったからだろう。

そこで、堀は、河野久志を、松山夫婦に紹介した。まだ、R銀行の人間だった河野は、堀に口調を合わせ、喜んで必要な融資ぐらいはしますといったに違いない。

それでも、松山夫婦には、迷いがあった。何しろ、東京浅草で成功しているのに、郷里に帰るのだから。

そこで、堀たちは、松山夫婦を善光寺へ連れていった。

松山夫婦が、善光寺を信じていたからだった。善光寺に着くと、松山の好きな、おみくじを引かせる。

そうしておいて、あらかじめ作っておいたニセのおみくじとすりかえてしまった。

ニセのおみくじは、大吉で、東京から見て、北に楽があり、今こそ、新しい事業をやるときだと、書いてあった。それを読んで、松山夫婦は、やっと、決心がついた。北は、郷里の新潟であり、そこで、新しい事業をやれば、必ず成功すると確信する。

そして、それをすすめてくれた堀や、河野たちを信用してしまった。

こうなれば、人のいい松山夫婦を欺すのは、簡単だった。

架空の土地の登記書を作り、それを、松山夫婦に売りつけた。松山夫婦が浅草の店を売った三億円は、もちろん、夫婦が貯めていた貯金なども、根こそぎ、欺し取ってしまった。

そうしておいて、四人は、姿を消してしまった。河野は、さっさとR銀行を辞め、堀と中尾祐子がやっていた上越市の喫茶店も、なくなってしまった。

絶望した松山夫婦は、北の海に投身自殺した。

ここまでのストーリイは、簡単に十津川の頭に浮かんだ。

「だがね、カメさん」

と、十津川は、亀井を見て、

「松山夫婦は、なぜ、堀たちを告訴しなかったんだろう?」

第十章　犯人像

1

「それが、松山夫婦の人の好さだったんじゃありませんか?」

　と、亀井がいった。

「しかしねえ。人の好い夫婦だったと思うが、それでも、長年苦労して自分の店を持った人たちなんだ。欺されて、何億円も欺し取られたとわかったとき、あっさり諦《あきら》めて自殺するとは、ちょっと、考えにくいんだよ。多分、弁護士に相談して、四人を告訴するんじゃないかな。そうでなくても、必死になって、自分たちを欺した四人を探したんじゃないかね」

　と、十津川はいった。

「そうだとすると、松山夫婦は——?」

「自殺じゃなくて、自殺に見せかけて、殺されたんじゃないかと思うんだよ。考えてもみろ

よ、カメさん。中尾祐子は、殺されかけてるんだ。そして、また、命を狙われるのを知って

いる。それでも、かたくなに真相を話そうとしなかったんだ。もし、松山夫婦を欺して、金を奪っただけなら、殺されるよりは、あっさり、真相を喋っていたんじゃないかね。それに、主犯は堀なら、祐子の罪は、せいぜい、二、三年の刑だからね」

と、十津川はいった。

「確かに、そうですね」

と、亀井も肯く。

「だから、松山夫婦は、自殺ではなく、四人が殺してしまったんだと思うんだよ。調べられたら、それが、わかってしまうかも知れない。そうなれば、二、三年の刑ではすまないよ。全財産を欺し取ったうえ、殺したとなれば、十年以上の刑になる可能性がある。だから、中尾祐子は、なかなか、真相を話さなかったんじゃないかと思うんだがね」

と、十津川はいった。

「私も、そう思います。殺したのなら、中尾祐子のためらいも、理解できます」

「ところで、堀たちを殺し、中尾祐子を殺そうとした犯人なんだが、松山夫婦に子供がいれば、その子がと思うんだが、いなかったからね」

十津川は、難しい顔になって、いった。

「松山夫婦は、六十二歳と、六十歳ですから、両親は、多分、亡くなっているんじゃありま

せんかね。生きているとしても、八十歳にはなっているでしょうから、堀たちを殺す力はないと思います。それに、道後の旅館や、八尾の空港に現れた男とは、年齢が合いません」

「残るのは、きょうだいということになるが」

と、十津川はいった。

「明日、それを調べてみましょう」

と、亀井はいった。

翌日、二人は、台東区役所に行き、松山夫婦の戸籍を調べてみた。

松山友一郎には、弟が二人いて、いずれも、結婚していることがわかった。

しかし、弟は、五十八歳と五十六歳で、どう考えても、八尾空港と道後に現れた男とは、年齢が違いすぎた。

妻のふみ子は、四人きょうだいの末子だった。

それだけで、犯人でないことが、わかってしまった。兄は、七十歳、二人の姉は、六十七歳と六十五歳だった。

「友人にしても、同じことですね。多分、年齢は六十歳前後でしょうから」

と、亀井は、がっかりした顔で、いった。

「あと、残るのは、松山夫婦が経営していたカニ料理店の従業員だな」

と、十津川はいった。

「確かに、優しい社長で、従業員は喜んで働いていたようですが、果して、社長の仇を討ったりしますかねえ」

亀井は、首をかしげてしまった。

「私も、そう思うが、とにかく、調べてみようじゃないか。もう他に、いないんだ」

と、十津川はいった。

二人は、カニ料理店「広まつ」で働いていた店員を探した。

最初に見つかったのは、現在、同じ浅草の、ファーストフードの店で働いている小柳《こやなぎ》という、二十七歳の男だった。

小柳は、十津川たちの質問に対して、

「いい社長と、奥さんだと思っていたんですがねえ。あんな形で、急に店を閉め、その挙句、自殺してしまったんで、退職金ももらってないんですよ」

と、いった。

「他の店員さんも、同じだったんですか？」

と、十津川はきいてみた。

「もちろん、同じです。おれなんかは、働いていた期間が短かったから、退職金も少ないけど、十年も、あの店で働いていた人は、たくさんもらえるはずの退職金が一円ももらえなかったんだから、きっと、怒ってますよ」

と、小柳はいった。

どうやら、店員だった連中にも、松山夫婦の仇を討とうと思った人間は、いなかったらしい。

十津川は、ほっとしながら、がっかりもした。

念のために、もう一人、元店員という男を見つけ出して、話をきいてみた。

しかし、結果は予想どおりだった。

その元店員は、八年間、働いていたということで、松山夫婦が優しい傭い主だったとはいったが、同時に、退職金がもらえなかったことに腹を立てていたからである。

「なかなか、犯人は、見つかりませんねえ」

と、亀井は、元気のない顔で、いった。

「だが、堀たちを殺し、中尾祐子を殺そうとする人間はいるんだよ」

と、十津川はいった。

「ひょっとして、松山夫婦とは、関係のない人間じゃありませんかね?」

と、亀井はいう。

「どういう意味だね?」

「例の四人ですが、同じような方法で、松山夫婦以外の人たちからも、大金を巻きあげていたんじゃないかと思うんですよ。もし、他にも被害者がいたとすれば、その家族なり、友人なりが、怒って、堀たちを殺したのかも知れません」

「それは、違うな」

と、十津川はいった。

「違いますか」

「ああ。理由は二つだ。一つは、時間だ。松山夫婦が全財産を欺し取られてから、連中が殺されるまで、あまり、時間がたっていない。その間に、第二の犠牲者が出たとは、ちょっと、考えにくいんだよ。もう一つは、松山夫婦を欺したあと、河野は、すぐ、銀行を辞め、堀と、中尾祐子は、上越市の喫茶店を閉めてしまっている。人を欺す武器を捨てているんだ。それは、もちろん、松山夫婦に見つかるのを恐れたからだろうが、同時に、大金が手に入ったので、しばらくは次の犯行をしなくてすむと思ったからだと、私は、思っている」

と、十津川はいった。

「そういえば、松山夫婦の次の犠牲者に対しても、欺すのに、善光寺のニセのおみくじを使ったというのも、偶然が重なり過ぎていますね。もし、別の方法で欺したのなら、犯人が堀たちを脅すのに、善光寺のニセのおみくじを使ったりしないはずですから」

と、亀井もいった。が、すぐ、続けて、

「そうなると、一層、今回の事件の犯人像が、わからなくなってしまいますよ」

と、いった。

「とにかく、考えてみよう」

と、十津川は、自分にいい聞かせるようにいい、しばらく黙って、煙草を吸っていた。

三本目の煙草が灰になったところで、十津川が、急に、

「生命保険に、入っていなかったのかな？」

「松山夫婦がですか？」

「そうだ。今は、自殺でも、保険は出るんだろう？　昔は、入って一年以内の自殺には出なかったが」

「出ると思います」

「松山夫婦が生命保険に入っていたとすると、受取人は、誰だったのかな」

「夫婦で、お互いに、かけ合っていたんじゃありませんか？　そうだとすると、生命保険も、犯人発見の手掛かりにはなりませんよ。私も生命保険に入っていますが、受取人は家内になっていますし、家内のほうは、受取人は私です」

と、亀井がいう。

「私も同様さ。それでも、調べてみたいね」

と、十津川はいった。

二人は、もう一度、そば屋の主人に会い、松山夫婦が生命保険に入っていたかどうかを聞いてみた。

そば屋の主人は、

「さあ、どうでしたかねえ。でも、入っていたとすると、K生命と契約していたと思いますよ」

と、いった。

「なぜ、K生命と思うんですか？」

と、亀井がきいた。

「あそこの雷門支店長と、あたしも、松山さんも、知り合いだからね」

と、そば屋の主人はいった。

十津川と亀井は、その支店長に会ってみることにした。

崎田《さきた》という五十三歳の、大柄な支店長は、

「ああ。松山さんなら、うちの生命保険に入って頂いていましたよ」

「夫婦ともですか？」

と、十津川はきいた。

「ええ。もちろん」

「受取人は、お互いを指名していたわけですか？」

「お二人は、五千万ずつの生命保険に入っておられましてね。松山さんの生命保険は、亡くなった場合、奥さんに与えられますが、奥さんの五千万円は、違います」

「違うというのは、どういうことですか？」

と、十津川はきいた。

「奥さんが亡くなった場合、五千万円は、別の人にいくということです」

「それは、夫の松山友一郎に、内緒で契約したわけですか？」

と、亀井がきいた。

「いや、ご主人も、承知の上でしたよ。お二人で話し合って、そういう契約にしたんです」

と、崎田支店長はいった。

「すると、松山さんも死んでいるんだから、彼の五千万も、その受取人に行くことになるわけですか？」

と、十津川はきいた。

「その通りです。すでに、支払いました」

と、崎田はいった。

「一億円を？」

「そうです」

「その人物の名前を教えてくれませんか」

と、十津川はいった。

「しかし、松山さんたちには、くれぐれも内密にしてほしいといわれていたんです。私も、お客の秘密を守りませんとね」

と、崎田はいう。

「それは、よくわかります。ただ、松山夫婦のことで、すでに、三人の人間が殺されているんです。そして、もう一人が殺されようとしています。何とかして、防がなければなりません。ぜひ、協力して頂きたい」

と、十津川はいった。

「では、刑事さんは、保険金の受取人が殺人をと、思っておられるんですか？」

と、崎田がきく。

「松山夫婦は、四人の男女に欺されて、全財産を奪われました。誰かが、その復讐《ふくしゅう》をしているとしか思えないのです。しかし、二人の間に子供はいないし、きょうだいも、皆、年をとっています。三十歳前後という犯人像に、一致しません。残るのは、松山夫婦の生命保険の受取人だけなのです」

「しかし、あの方は、立派な人で、人殺しなんかするようには見えませんが」

「どんな人間でも、理由があれば、殺人を犯しますよ」

と、十津川はいった。

それでも、崎田は、しばらく、迷っているようだったが、机の引出しから一枚の名刺を取り出して、十津川の前に置いた。

黒《くろ》木《き》要介《ようすけ》　東京都世田谷区成城《せいじょう》×丁目ヴィラ成城５０６号

名刺には、そう印刷されてあった。

「この人が、受取人ですか？」

と、十津川はきいた。

「そうです」

「何歳ぐらいの人ですか？」

「確か、二十九歳のはずですよ」

「何をしているんです？」

と、亀井がきいた。

「プロのカメラマンになりたくて、現在、勉強していると、おっしゃっていましたね」

「二十九歳で、勉強中ですか？」

亀井が、眉をひそめて、きいた。

「ええ。そうです」

「この人の経歴を、知っていたら、話してくれませんか」

と、十津川はいった。

「それは、あまり、申しあげたくないんですが」

と、崎田がいう。

「しかし、立派な人物なんでしょう？」

「立派な人物でも、辛い過去を持っている人もいますから」

「この黒木要介が、そうだということですか？」

「まあ、そうです」

「それを、ぜひ、話して頂きたいですね」

と、十津川はいった。

「本当に何人もの人間を、殺しているんですか？」

崎田が、半信半疑の表情で、きいた。

「多分、そうです。もし、間違っていれば、謝りますが」

「秘密は、守って頂けますか？」

「もちろん、守ります。約束しますよ」

と、十津川はいった。

「十代の後半に、ぐれましてね。傷害事件や、クスリにも手を出したりして、少年鑑別所に入っていた人なんですよ」

と、崎田は、いった。

「そんな人間を、松山夫婦は、なぜ、生命保険の受取人にしたんですか？」

と、亀井が、不思議そうに、きいた。

「松山さんご夫婦は、商売で成功してから、子供がいないこともあって、慈善運動に参加したりしていたんです。恵まれない人たちの力になりたいと、思っておられたんでしょうね。黒木さんは、鑑別所を出たあと、なかなか、働き口もなかった。それに同情して、松山さんが、彼を、自分の店で傭ったんですね。今から十年前です」

「なるほど。そのあと、どうなったんですか？」

「しかし、黒木さんは、料理屋の店員なんかは嫌だといい、すぐ、店を辞めたりしたようです。それでも、松山さん夫婦は、辛抱強く、黒木さんの面倒を見ていたんですね。彼が旅行したいといえば、旅費を出してやり、車が欲しいといえば、買い与えていたみたいです」

「なぜ、松山夫婦は、そんなに黒木を可愛がったんですか？　まさか、店で働いている店員全部を、そんなに甘やかしていたわけじゃないんでしょう？」

と、十津川はきいた。

「それも、話さなければいけませんか？」

と、崎田は、また、きき返してきた。

「この際、全部、話してください」

と、十津川はいった。

「実は、松山さん夫婦には、跡取りにしようと可愛がっていた甥《おい》がいたんです。しかし、十二歳のときに亡くなっています。松山さんが話してくれたところでは、黒木さんは、その亡くなった甥御さんに、よく似ていたそうです」

「それで、可愛がっていたわけですか」

「ええ。黒木さんの方は、それをいいことに、ただ、遊び廻っていたこともあったみたいですよ。それでも、松山さん夫婦は、辛抱強く、面倒を見てきた。最近になって、黒木さんも、やっと、自分を見つめて、プロのカメラマンになりたいと、その勉強を始めたようです。松山さん夫婦が、うれしそうにいっていたことがありますからね」

「保険金を渡すとき、当人に会われたわけですね？」

と、十津川はきいた。

「ええ、会っています」

「その時、彼は、何といっていました？」

「びっくりしていましたね。自分が受取人になってるのを、知らなかったみたいで」

「そうですか。びっくりして、感動したかな」

「そうでしょうね。私だって、感動しますよ。そこまで、自分のことを心配してくれていたのかと思いますからね」

と、崎田はいった。

「その後、彼に、会っていませんか？」

「ええ、お会いしていません」

「彼の写真は、ありませんか？」

「申しわけありませんが、ありません」

「背恰好を、教えてくれませんか」

「身長は、一七五、六センチでしょうね。どちらかといえば、痩せているんじゃないですかね」

と、崎田はいった。が、これでは、特徴とはいえまい。ざらにある体形だからだ。

十津川は、亀井と、名刺の住所に廻ってみることにした。

2

ヴィラ成城は、すぐに見つかった。

しかし、案の定、５０６号室の黒木は、留守だった。

管理人にきくと、しばらく前から、姿を見ていないという。

「正確には、いつからですか？」

と、十津川はきいた。

「よくわかりませんが、三月頃からじゃないかと思いますよ」

「すると、もう、引っ越したということですか？」

「いえ。三月頃、急に、今年中の部屋代を、全部、払われたんです。ですから、あの部屋は、まだ、黒木さんが、お借りになっているんです」

と、管理人はいう。

「黒木さんの写真が、ありませんかね」

と、十津川はいった。

「私は、持っていませんが――」

と、管理人は、申しわけなさそうに、いう。

十津川は、八尾で、犯人と思われる男に会った人たちの証言で作った似顔絵を、管理人に見せた。

「黒木さんは、この顔に似ていませんか？」

「ああ、この人ですよ」

と、大きく肯いた。

自然に、十津川と亀井の顔に、微笑が浮かぶ。

「黒木さんは、今、何処にいるか、わからないかね？」

と、亀井がきいた。

「そこまでは、存じませんが――」

管理人が、当惑した眼になって、いう。

「黒木さんは、ひとりで住んでいたんですか？」

と、十津川はきいた。

「ええ。契約では、一人ということになっています」

「契約ではというと、同居人がいたわけですか？」

「同居人はいらっしゃいませんが、時々、女の人が来ていました。同じ人です」

と、管理人はいう。

「恋人かな？」

「そうでしょうね。きれいな方ですよ。年齢は、二十五、六歳じゃないかな。一度、黒木さんに、結婚なさるんですかと伺ったら、照れたような顔で、笑っていらっしゃいましたね」

「カメさん、引き続き、聞き込みをやっていてくれ」

と、十津川は、亀井にいった。

「警部は、どうされるんですか？」

「506号室の家宅捜索の令状をもらってくる」

と、十津川はいった。

何とか、令状をもらって、十津川は、ヴィラ成城に引き返した。

その間、亀井は、同じマンション内の住人への聞き込みをやっていた。

十津川は、管理人に、506号室を開けさせ、中に入った。

2DKの部屋だった。

本棚には、ライカM6と付属品が誇らしげに置かれてあり、黒木自身が撮ったと思われる写真が、引き伸ばされて、壁にかかっている。

風景写真が多かったが、その中に、松山夫婦の写真も混じっていた。

自分自身を、撮ったものもあった。

二人は、それを持ち帰ることにした。

手紙も、調べてみた。松山夫婦から届いた手紙も、何通かあった。いずれも、黒木のことを心配する温かい文面だったが、特に、妻のふみ子の手紙は、本当の母親のような文章が並べられていた。

もう一つ、花井《はない》えりかという女性からの手紙にも、二人は興味を持った。手紙は五通。いずれも、ラブレターと呼べるものだった。多分、管理人がいっていた、恋人らしい女というのが、この花井えりかだろう。

亀井が、彼女の住所を手帳に書きとめた。

名刺の束も、二人は丁寧に調べた。ほとんどがカメラマンのグループや、出版社などの名刺だったが、一枚だけ、異質なものが混じっていた。

〈塚本《つかもと》探偵事務所　所長　塚本完次《かんじ》〉

という名刺である。

その名刺には、ボールペンで、事務所の住所のところに、「JR四谷駅から、歩いて五分」と書き加えてあった。

ということは、黒木が、この探偵社を訪ねたことを意味しているように思えた。

二人は、506号室を出ると、亀井が、花井えりかを訪ね、十津川は、探偵事務所に廻ることにした。

JR四谷駅の近くの雑居ビルの三階に、その事務所があった。

調査員五、六人といった中堅の探偵社だった。

所長の塚本に会い、警察手帳を見せ、黒木という男から、何かの調査依頼を受けなかったかを、きいてみた。

「われわれには、お客の秘密を守らなければいけない、守秘義務があるんですがね」

と、塚本はいった。

「だが、この黒木という男には、ある容疑がかかっているのです」

「しかし、それが、証明されているんですか？」

「まだ、証明はされていません」

「それでは、警察には協力できませんね。お客の秘密を簡単に喋っては、信用を失ってしまいます。われわれの仕事では、お客の秘密が外に洩《も》れないことが、信用の第一ですから」

と、塚本はいう。

「正直にいうと、黒木が何を依頼したか、だいたいわかっているんですよ」

と、十津川はいった。

「それなら、なぜ、私にきくんですか？」

「令状を取って来てもいいんだが、急がなければならないんですよ。だから、イエスか、ノーかだけ、いって下さい。そちらで調査した内容は、必要ない」

「それなら、何とか、協力できるかもしれません。私としても、警察とはケンカしたくありませんからね」

と、塚本はいった。

「黒木は、ある人物のことを調べてくれと、頼みに来たんでしょう？」

「ここに来る客の八十パーセントは、人間に関した調査依頼ですよ」

「それも、男二人、女二人の四人について、調べてくれという依頼だったんじゃありませんか？」

と、十津川がいうと、塚本は、目を大きくして、

「よく、おわかりですね」

「男の名前は、河野久志、堀永一、女の名前は、牧原麻美、中尾祐子ですね?」

と、更に十津川がきくと、塚本は、小さく肩をすくめて、

「それだけ、よくご承知なら、わざわざ、私におたずねになる必要はないんじゃありませんか」

「ただ、確認したいだけなんですよ」

「黒木という、あのお客が、何かやったんですか? 警察のお世話になるようなことを」

「殺人容疑です」

と、十津川はいった。

「殺人?」

塚本の顔色が変った。犯罪と関わり合いになりたくないと思ったらしい。

「そうです。殺人容疑です。だから、ぜひ、協力して欲しいと思ったんですが、もう、すみました。黒木が、今の四人の調査を、ここに頼んでいたことがわかっただけで十分です」

と、十津川はいった。

塚本は、急に弱気になって、

「その四人についての調査報告の控えがありますから、お見せしても構いませんよ」

と、いった。

「それなら、お借りしようかな」

「どうぞ、持って行って下さい。うちとしても、殺人犯に協力したと思われるのは、心外ですから」

と、塚本はいった。

彼は、調査員の一人に声をかけ、四枚の調査報告書の控えを持って来させた。

やはり、その一つ一つに、河野久志、堀永一、牧原麻美、中尾祐子の名前が書かれてあった。

十津川は、借用書を書いて、その四つの報告書の控えを借りてから、

「今、黒木が何処にいるか、知りませんか？」

と、塚本にきいた。

「いや、全く知りません。この報告書を渡してから、全然、会っていません」

「この四人について調査してくれと、黒木がいってきた時、理由を聞きませんでしたか？」

「いや。こちらからはききませんでしたが、向うから、話しましたよ」

と、十津川はきいた。

「黒木は、理由について、どういっていたんですか？」

と、十津川はきいた。

「なんでも、この四人に、一緒に会社をやろうと誘われているのだが、資金を出して大丈夫

かどうか、心配なので、経歴とか、人柄だとか、今、何をしているかなど、よく調べて欲しいんだといっていましたね。こちらとしては、その言葉を、そのままは信じませんでしたがね」

と、塚本はいった。

十津川は、外に出ると、携帯電話で亀井に連絡をとり、パトカーで迎えに来てもらった。十津川は、車に乗り込んでから、

「予想どおりだったよ。黒木は、探偵社に、河野たち四人のことを調べさせていたんだ」

と、亀井にいった。

「私のほうは、駄目でした。花井えりかのマンションに行きましたが、ドアに、しばらく留守にしますの札が貼ってありました」

と、亀井は、残念そうにいった。

「彼女は、何をやっているんだ？」

と、十津川はきいた。

「看護婦です」

「看護婦ねえ」

「病院に寄って、写真を借りて来ました」

と、亀井はいい、片手で車を運転しながら、ポケットに入っていた写真を取り出して、十

津川に渡した。

看護婦姿の若い女の写真だった。

「病院でも、看護婦仲間でも、彼女が、今、何処にいるか、わからんそうです」

と、亀井はいう。

「彼女の恋人が、黒木だということは、間違いないのか？」

と、十津川はきいた。

「それは、間違いないようです。というのは、花井えりかの同僚たちにきいてみたんですが、黒木が、何回か、彼女を病院まで車で迎えに来ていたそうですし、彼女が、黒木と結婚することになりそうと、同僚に話していたそうです」

と、亀井はいった。

「今、二人は、一緒にいるんだろうか？」

と、十津川は呟いた。

「もし、一緒にいるとすると、彼女は、共犯ということになってきますよ」

と、亀井がいった。

第十一章　激しい女と激しい男と

1

十津川は、黒木にも興味を持ったが、同時に、花井えりかという女にも興味を持った。

いや、黒木以上にといった方が、いいだろう。

黒木が復讐する気持は、わからなくはない。自分を可愛がってくれた人のためだということで、了解できるのだ。

だが、花井えりかは、どうなのだろう？　彼女自身は、心中した松山夫婦に恩を受けたわけではない。娘のように可愛がられたわけでもない。ただ、黒木の恋人というだけで、松山夫婦とは、いわば、間接的な知り合いというだけである。それでも、殺人の共犯者になれるものなのだろうか？

十津川は、そこが知りたかったのだ。

十津川は、彼女のことを知っている人間に会って、話を聞くことにした。

彼女が働いていた病院の同僚の看護婦に、もう一度会い、また、高校時代の友人にも、会った。

高校時代から可愛らしく人気があったという。しかし、それは、今度の事件については、意味がないだろう。

何人もの人間に会って、話を聞いている中《うち》に、十津川が興味を持ったことがあった。

「外見に似合わず、激しい気性の持主だった」

という、何人かの女友だちの証言だった。

「それを、詳しく、話して下さい」

と、十津川は、相手にいった。

高校時代の友人で、今でも、えりかと、つき合いがあったという、幸恵《ゆきえ》という女友だちは、

「彼女、美人だから、彼女とつき合いたいという男の人は、何人もいたんです。それでも、なかなか、彼女には、ボーイフレンドが出来なかったんですよ。もちろん、恋人もね」

と、いった。

「なぜ、出来なかったんです？」

と、十津川はきいた。

「少し、高望みをしすぎるんじゃないのって、きいたことがありましたわ。でも、考えてみれば、彼女、そんな高望みをする人じゃないんです。だから、理由は、他にあったんです」

「それが、激しさ――ですか？」

「ええ」

「しかし、話を聞いていると、そんな激しい女性には思えませんがね」

「ええ。普通の意味と違う激しさなんです。それが、相手の男性にはわからなくて、彼女が、がっかりしてしまうんですよ」

と、幸恵はいった。

「どんな激しさなんですか？」

「彼女は、相手が貧乏だって、背が低くたって、変な顔だって、構わない。ただ、純粋に愛してくれる人でなければいやだといっていましたわ」

「純粋にですか？」

「ええ。彼女も、好きな人が出来たら、そう愛したいといっていましたわ。彼が、もし、人殺しをしたら、絶対に自首なんかすすめない。逃がして、逃がして、もし、警察に捕まったら、警察に爆弾を投げてでも、逃がしてやるというんです」

と、幸恵はいった。

「なるほど。激しいですね」

　と、十津川はいった。

「ええ。彼のやったことが、正しいか間違っているかなんか、問題じゃない。そうもいっていましたわ」

「だから、自分も、同じように、愛して欲しいということですね？」

　と、十津川はきいた。

「ええ。でも、現実の男の人は、妙に優しくて、理性的で、もし、自分が人を殺したら、きっと、すぐ、自首しなさい。ずっと、待っていてやるからという人ばかりだ。そんなのは本当の愛じゃないと、彼女は、いうんです」

　と、幸恵はいった。

「確かに、それが本当の愛かも知れないが、相手は辛いでしょうね」

　と、十津川はいった。

「私も、そう思いますわ。私は、彼女みたいには考えられません。でも、そんな彼女の気持が、羨ましくもあるんです」

　と、幸恵はいった。

「そんなえりかさんが、黒木という男を好きになったということは、彼が求めていた男性だったということでしょうね？」

と、十津川はきいた。

「ええ。そう思いますわ」

と、幸恵はいった。

十津川は、同じことを、同僚の看護婦の何人かからも聞いた。

それを、批判的に話す女友だちもいた。

「そんなに愛されたら、嬉しいという半面、重荷になって、つい、身体が引けてしまう男の人も、いると思いますわ」

と、いうのだ。

こんな話をしてくれた同僚の看護婦も、いた。

「非番で、一緒に、テレビを、彼女と見ていたんです。その時、獄中の男性と文通していて、彼が好きになった女の人が、テレビに出て来て、彼が出所してくるまで、十年でも、二十年でも、待つつもりだといったんです。私なんか、えらい人だなと、感動してしまったんですけど、えりかさんは、こんな愛は嘘だというんです。素敵じゃないのって、私がいうと、えりかさんは、獄中の人を好きになったら、十年も二十年も、じっと待ったりは出来ない。一日でも早く一緒にいたいから、きっと、その刑務所を爆破して、彼を逃がしてやるだろうというんですよ。その時、この人は、ずいぶん激しい人なんだと、びっくりしたのを覚えていますわ」

2

十津川は、少しずつ、花井えりかという女が、わかってきたような気がした。

えりかは、黒木を愛した。

そのことは、理屈ではなかったのかも知れない。黒木が人殺しをするといえば、えりかは、それを止めたりはしなかったのだ。それなら、黒木と一緒に、人殺しでもやってやるという気持になったにちがいない。

一緒に地獄に落ちるというのが、えりかという女の愛の表現だったのかも知れない。

えりかが、今度の一連の事件で、どんな役割りをしているのか、十津川にはわからないのだが、これで、彼女が、なぜ、共犯者でいるのかは、理解できた気がした。

十津川が、この話をすると、亀井は、当惑した顔になって、

「参りましたね」

と、いった。

「参ったって、どんな風にだ？」

と、十津川はきいた。

「実は、黒木が恋人と一緒に行動しているときいた時は、彼女が、ブレーキになってくれる

のじゃないかと、期待を持ったんですよ。彼女のほうは、死んだ松山夫婦に、別に、恩義を感じなくてもいいわけだから、黒木に向って、自首をすすめてくれるんじゃないかと思いましてね。今、警部の話を聞くと、どうも、この願いは駄目なようですね」

亀井は、残念そうにいった。

「そうだな。黒木が最後までやるといえば、えりかは、黙って、ついていくだろうからね」

と、十津川はいった。

「最後までというのは、中尾祐子を、殺すまでということですか？」

「そうだ」

「そのあとは——？」

と、亀井がきく。

「それも、てこずるかも知れないね。黒木が逃げたいといえば、えりかも、当然、一緒に逃げるだろうし、とことん、われわれ警察に抵抗するだろうからね」

と、十津川はいった。

もし、花井えりかが、恋人の黒木に引きずられる形で、今度の事件に加担しているのなら、何とか、救いの手を差し伸べてやりたかったのだ。

それに彼女が抵抗になって、黒木に、四人目の殺人を思いとどまってくれるのではないかという期待を持っていたこともあった。

だが、花井えりかという女のことを調べていくと、そのどちらも、諦めた方がよさそうな気がしてきた。

黒木が、何としてでも、中尾祐子を殺そうと考えていることは、想像がつくし、花井えりかは、それに協力するだろう。

そのあと、全ての復讐を終えて、黒木は自首してくるだろうと思っていたのだが、下手をすると、それも、期待薄だと、十津川は、考えるようになってきていた。

花井えりかが、黒木の強い支えになって、二人は逃亡を図るのではないか。そう思うのだ。とすれば、相手の仲間割れや、女の逡巡《しゅんじゅん》を期待できない以上、全力をあげて、二人と対決せざるを得ない。

「これから、どうされますか？」

と、亀井がきいた。

「二つのやり方がある。こちらから、黒木と花井えりかの行方を探し廻るか、向うが、中尾祐子を殺しに来るのを待って、逮捕するかの二つがね」

と、十津川はいった。

「両方をやるのは、どうですか？」

と、亀井がいう。

「両方というのは？」

「二人を指名手配し、行きそうな場所を調べていく。同時に、二人が、中尾祐子を殺しに来るのを待つということです」

「それは、うまくないな」

と、十津川はいった。

「まずいですか？」

「指名手配すれば、二人は、用心深くなって、中尾祐子襲撃を、先に延すかもしれない。二人は、結束が固いから、先に延すことも、平気だろうからね。そうなると、解決に時間がかかってしまう」

「と、すると、わざと隙をつくって、二人を誘い出しますか？」

と、亀井がいった。

「できれば、そうしたいと思っている。だから、われわれは、まだ、花井えりかのことは気付いていないと、思わせたいんだ」

「しかし、浜松の病院に入っている中尾祐子を、二人が殺しに来る気配は見せていませんが」

「様子を、窺《うかが》っているんだと思っている」

と、十津川は、確信を持って、いった。

「相手がそうだとすると、こちらは、ただ、じっと相手が仕掛けてくるのを待ちますか？」

「問題は、そこだが、思い切って、中尾祐子を退院させようかと思っている」

と、十津川はいった。

「相手も、そのチャンスを狙っているでしょうね。今は、彼女の病室の前に刑事が張りついていますから、黒木たちも、うかつには近づけませんからね」

「だが、下手にやると、罠《わな》だと気付かれてしまう」

と、十津川はいった。

「かなり、頭の切れる相手のようですからね。わざとらしい退院では、確かに、罠だと気付くでしょうね」

と、亀井もいった。

「どうしたらいいかな？　中尾祐子を、危険にさらすわけにもいかないからね」

と、十津川はいった。

「普通にやればいいと思いますが」

亀井が、事もなげにいう。十津川は、苦笑して、

「そこが難しいんだよ。普通の退院なら、家族が迎えに来る。しかし、今回、中尾祐子の家族を呼んだら、彼等まで、危険にさらしてしまうことになる」

「そうですね。もう一つ、われわれは、中尾祐子が狙われていることを知っているわけです。それなのに、警備も付けずに退院させるのは、かえって、黒木たちに疑惑を持たせてしまうかも知れません」

と、亀井はいった。

十津川は、しばらく、考えていたが、

「黒木たちに、襲撃せざるを得ないようにさせれば、いいわけだよ」

と、いった。

「そんなことが、出来ますか？」

「まず、記者会見をやる」

と、十津川はいった。

「中尾祐子を退院させると、発表するわけですね」

「同時に、今回の一連の事件の重要参考人として、東京に連れて行き、捜査本部で事情聴取をすると、発表する。第一の事件が、井の頭で起きているからね」

「彼女が捜査本部に入ってしまったら、黒木たちも、殺すのは無理でしょう」

「ああ。そうだよ。彼等も、そう思う。だから、何としてでも、浜松の病院から東京の捜査本部に中尾祐子を移送する途中で、襲撃することを考えるはずだよ。無理をしてでもね」

「たった二人で、やりますかね」

「やるさ。それに、たった二人じゃない」

と、十津川はいった。

亀井が、びっくりして、

「他にも、いましたか？」

「正確にいえば、彼等二人に、プラス、一億円だ」

「ああ。松山夫婦の保険の一億円は、すでに、黒木の手に渡っているんでしたね」

「今は、金さえあれば、たいていのことが出来る時代だからね。拳銃だって、時限爆弾だって、手に入る。殺し屋だって、傭えるんだ」

と、十津川はいった。

「殺し屋を傭いますかね？」

「それはしないだろう。黒木は、自分の手で、松山夫婦の仇を討ちたいはずだからね。ただ、金の力で、何をしてくるのかわからないところがある。中尾祐子は、黒木にとって、最後の一人だから、残りの金を、全部、注ぎ込んで来るかも知れないからね」

と、十津川はいった。

「それで、中尾祐子は、東京まで、どうやって移送するんですか？　普通なら、新幹線で移送するんでしょうが」

「いや、列車は使わない。列車の中で、黒木たちが事を起こせば、他の乗客に迷惑をかけるからね。車で移送する」

「パトカーを連ねてですか？」

「ああ、そうだ」

「目立ちますね」

「黒木たちにも、わからせたいのさ」

十津川は、笑った。

3

その日の午後、浜松署で記者会見が開かれ、十津川と亀井も、東京から戻って、出席した。

まず、静岡県警の本部長が、あいさつし、中尾祐子を東京へ移送することを発表、詳細については、十津川が説明した。

「移送は、明日、行います」

と、十津川はいった。

「危険があるんですか？」

と、記者の一人がきいた。

「それは、皆さんの方が、よく、ご存じと思いますよ。何しろ、中尾祐子は、一度、殺されかけていますからね。犯人が、また、狙ってくることは、覚悟しています」

「犯人に、心当りはついているんですか？」

と、当然の質問が飛んだ。

「だいたいの想像はついていますが、まだ、確信は出来ていません」

と、十津川はいった。

「犯人が、単独犯か、複数犯かも、まだ、わかっていないんですか？」

「わかっていません」

「移送は車ですか？　それとも、列車ですか？　答えにくいでしょうが、出来たら、教えて下さい」

「別に、答えたくないということはありません。車で移送します」

と、十津川は、あっさり、いった。

「なにか、犯人にいいたいことはありませんか？」

と、記者の一人がきいた。

「いいたいことは、もちろん、一つだけです。すぐ、自首しなさい。それだけです」

「それで、犯人は、自首してくると思いますか？」

と、すかさず、他の記者がきいた。

十津川は、苦笑して、

「多分、自首は、しないでしょうね。犯人は、すでに、三人の男女を殺しています。急に仏心を起こして、自首してくる可能性は少ないと思っています」

「では、また、中尾祐子を狙ってくると、思っておられるんですね？」

「思っています」

「それなのに、中尾祐子を東京まで移送するのは、襲われても大丈夫だという自信があるわけですね？」

記者は、同じような質問を繰り返してくる。

「大丈夫です。自信がなければ、わざわざ、公表したりはしませんよ」

と、十津川はいった。

いつも、どちらかといえば、慎重な十津川が、自信たっぷりにいったのは、犯人の黒木たちに対する挑戦のつもりだったからである。

黒木と、花井えりかを、挑発したかったのだ。

今までの黒木たちの犯行を考えると、ただ単に、亡くなった松山夫婦のために、復讐をしているとは考えられない。明らかに、松山夫婦が、四人の男女に追いつめられたと同じ方法を用いて、復讐しているのである。

そこに、黒木たちの、主張を読み取ることが出来る。自分たちは、ただ単に人殺しをしているのではなく、正しいことをしているのだという強い主張である。

殺人に正義があるとは思えないのだが、黒木たちにとっては、そうではないのだろう。

そして、警察に対する挑戦の意識も、感じられる。

十津川としては、逆に、彼等に挑戦してやろうと、考えたのだ。

自分たちのやっていることは、正義だと信じている黒木たちは、必ず、この挑戦に応じてくるだろう。逃げれば、自分たちは正義を行っているのだという確信が、崩れてしまうだろうからである。

多分、十津川が挑戦的に出れば出るほど、黒木たちも、負けずに挑戦的になってくるだろうと、十津川は、思っていた。

だから、自信を持って、十津川は、彼等に戦いを宣告したのだ。

用意されたパトカー三台が、東京に向う。

最初の車には、西本と日下の二人の刑事が乗り、真ん中のパトカーには、中尾祐子を乗せ、三田村と北条早苗が同乗。最後尾のパトカーには、十津川と亀井が乗っていた。

車の間の連絡には、無線電話を使い、個人間の連絡には、トランシーバー、或いは、携帯電話をつかうことに決めておいた。

三台の車は、浜松インターチェンジから、東名高速に入った。

十津川は、時々、バックミラーに眼をやった。黒木たちが尾行していないか、知りたかったからだった。

だが、その気配はない。十津川は、わざと、途中のサービスエリアに寄ったりした。それでも、黒木たちが現われる動きは、感じられなかった。

いつまでも、サービスエリアに、とどまってはいられず、十津川たちは、コーヒーを飲んだだけで、出発した。

吉田インターチェンジを通過し、藤枝市を通りすぎた。

それでも、黒木たちは、現われなかった。

十津川の自信が、少しずつ、崩れていく。黒木たちは、必ず、東京までの移送中に現われると、確信していたのだが、間違っていたのだろうか。

静岡県を出て、東名高速は神奈川県に入る。

まだ、黒木たちは、現われない。

無線電話が、鳴った。

助手席にいた十津川が、手を伸した。

――十津川君か？

と、本多一課長の声が、きいた。

「そうです。十津川です」

――亀井刑事は、近くにいるのか？

「横で、ハンドルを握っています」

――まずいことになった
と、本多一課長は、急に声を小さくした。

「何があったんですか？」

と、十津川も、声を落して、きいた。
——カメさんの子供が、誘拐された。下の女の子だ
「今度の事件に関係してですか？」
——五分前に、黒木から電話があった
「犯人は、黒木ですか？」
——そうだ。黒木の要求は、中尾祐子を引き渡せということだ。さもなければ、カメさんの娘を殺すといっている
「くそッ」
十津川は、思わず、舌打ちした。なぜ、こんなことに気がつかなかったのかという自分への腹立たしさだった。
移送中の中尾祐子を襲う以外に、黒木たちが、刑事の家族か、祐子の家族を誘拐することを、なぜ、考慮しなかったのか。
——黒木は、十二時ジャストに、また、電話してくるといっている
と、本多はいった。
「あと、三十二分ですか」
——そうだ。その時に、中尾祐子を引き渡すかどうか、返事をしろといっている。ノーといえば、カメさんの娘を殺すそうだ。今、何処だ？

「神奈川県に入ったところです」

――十二時までに、どうしたらいいか、考えておいてくれ。何しろ、カメさんの娘は、まだ、五歳だ

4

「何の連絡ですか？」

と、亀井が、ハンドルを握ったまま、十津川にきいた。

「本多一課長からで、今、何処だときかれた。だから、神奈川県に入ったところだと、報告したよ」

「十二時が、どうとか、聞こえたんですが」

「十二時までに、東京に着けるかときかれた」

「とても、無理ですよ。それにしても、黒木たちは、現われませんね。襲撃を諦めたんでしょうか？」

「どうかな」

と、十津川は呟き、煙草をくわえて、火をつけた。

「大丈夫ですか？」

「何が？」

「何か、心配ごとでも、おありですか？」

「急に、トイレに行きたくなってね」

「それなら、次のサービスエリアに寄りましょう」

と、亀井はいい、先行する二台のパトカーに連絡をとり、足柄《あしがら》サービスエリアに寄ることにした。

三台のパトカーが、サービスエリアに入った。十津川は、亀井に、車で待っているようにいって、一人で、トイレに急いだ。

トイレに入り、扉を閉めてから、携帯電話を取り出して、本多一課長にかけた。

「十津川です。今、足柄サービスエリアから、かけています」

――カメさんは？

「車に残っています」

――カメさんに、話したのか？

「いや。彼に話せば、取引きなんか、とんでもないというに、決っていますから」

――そうだな。しかし、十二時に黒木から電話があったら、どうするかね？

「今、中尾祐子を、パトカーで移送中だといって下さい。東京到着は、午後二時頃になります」

——しかし、彼女を引き渡すかどうか、きかれたら、どう返事したらいい？

「無線の調子が悪くて、連絡がとれないといって、時間を稼いで欲しいのです」

——そんなことで、黒木が納得するとは、思えないがね
「黒木だって、何とか、中尾祐子を殺したいし、カメさんの子供を殺すのは、本意ではないと思います。午後一時になったら、私の方から、連絡してくることになっているといって、何とか、黒木を納得させて下さい。それまでに、私も覚悟を決めます」

と、十津川はいった。

トイレから出て、パトカーに戻る。

「大丈夫ですか？」

と、亀井が、心配そうにきいた。

「もちろん、大丈夫だよ」

と、十津川は微笑した。

「では、出発しますか？」

「ああ、午後二時までには、東京に着いていたいね」

と、十津川はいった。

第十二章　最後の戦い

1

三台のパトカーは、また東京に向って、走り出した。

十津川は、じっと、前方を見つめたまま、考え込んだ。

わかっていることは、二つある。

第一は、中尾祐子を死なせることは、出来ないということだった。

第二は、亀井刑事の娘も、絶対に死なせられないということである。

しかし、中尾祐子は絶対に引き渡せないといいはれば、黒木は、亀井の娘を殺すだろう。

すでに、三人の男女を殺しているからだ。

(どうしたらいいだろう?)

十津川は、考え込む。

亀井には、絶対に相談できない。相談すれば、生真面目な亀井のことだから、自分の娘を犠牲にする方を、選ぶに違いないからだった。

電話を使って、他の車に乗っている西本たちに、相談するわけにもいかないだろう。そんなことをすれば、亀井に気付かれてしまうからだ。

「カメさん」

と、十津川は声をかけた。

「はい」

「2号車だがね。若い二人だけで、中尾祐子のことを監視しているのは、どうも、心もとない気がするんだ」

「それなら、私が交代して、乗りましょうか」

「いや、私が、三田村刑事と交代しよう」

と、十津川はいった。

三台のパトカーがとまり、十津川は、三田村と交代して、真ん中のパトカーに乗り込んだ。

北条早苗が運転し、リア・シートに、中尾祐子が腰を下ろしている。

再び、走り出してから、十津川は、携帯電話で本多一課長にかけた。

「2号車に移りました。カメさんとは、分れました」

——それなら、自由に話せるな

「彼からかかってきたら、向うの条件をきいて下さい」

と、十津川はいった。

電話を切ると、早苗が、敏感に感じとって、

「何か、事態が変ったんですか？」

と、きいた。

「いや、別に変ってはいない」

「しかし、なぜ、黒木たちは、現われないんでしょうか？」

「東京に近づいたところで、現われるかも知れんよ」

と、十津川はいった。

十二時五分に、本多から、電話が入った。

——今、黒木から、電話があった。

「何と、いっています？」

——君に連絡をとれないといったが、信用しなかったよ
「それで——？」

——午後一時に、厚木《あつぎ》インターチェンジに着けるか？

「着けますが」

——午後一時きっかりに、厚木インターチェンジに着けと、黒木はいっている

「それなら、時間を調整しましょう」

――そうしてくれ
「他には、何といっているんですか？」

――それだけだ。午後一時きっかりに、また、電話してくるといっている
「わかりました」

と、十津川はいった。

電話を切ると、運転席の早苗に、

「午後一時きっかりに、厚木インターチェンジに着くように走ってくれ」

「やはり、何か、事態が変ったんですね」

と、早苗はいう。

「あとで説明する。私がナビゲーターをやるから、指示通りに走ってくれ」

と、十津川はいい、先頭を走る西本たちにも、午後一時、厚木インターチェンジ着を指示した。

（黒木の奴、何を企んでいるのだろうか）

と、十津川は、必死になって、考えた。厚木インターチェンジで、東名高速を出ろというのだろうか？

いや、それなら、厚木で高速を出ろと、前もって指示しただろう。

た。

（癪《しゃく》に障《さわ》る）

と、十津川は、無性に腹が立ってくる。黒木に、主導権を奪われてしまっているからだった。

何とか、調整して、厚木インターチェンジに午後一時に着く。

三台のパトカーは、スピードをゆるめて、厚木インターチェンジを通過した。

その直後に、十津川の携帯電話がなった。

十津川が、受話器を耳に当てる。

——私だ、本多だ

「連絡がありましたか？」

——あった。そちらは、厚木インターチェンジを通過したところか？

「そうです」

——黒木の指示は、こうだ。次のEパーキングエリアで、中尾祐子を降ろして立ち去れといった。下手な小細工をすれば、カメさんの子供は殺すといっている。Eパーキングエリアまでは、十五分で着けるはずだから、それ以上、かかった場合も、カメさんの子供を殺すといっている

「畜生！」

と、十津川は、思わず、唸った。

――私は、どんな指示を与えたらいいかわからん。君の判断で、行動してくれ
と、本多はいって、電話を切った。

十津川は、素早く、頭を回転させた。

次のEパーキングエリアに、黒木が待ち構えているのだろう。

共犯の花井えりかは、別の場所で、亀井の五歳の娘を監禁しているという寸法に違いない。

二人の間は常に連絡がとれていて、何かあれば、黒木が、人質を殺せと命令するのだろう。

「Eパーキングエリアの手前で、車をとめろ」

と、十津川は、早苗にいった。

「Eパーキングエリアに、何かあるんですか?」

と、早苗がきく。

「いいから、とめるんだ」

と、十津川はいった。

Eパーキングエリアの表示板が、見えてきた。

「とめろ!」

と、十津川は、もう一度、いった。

早苗が、ブレーキを踏む。先に行く1号車は、見る見る、遠ざかっていく。

3号車が、こちらの横に来て、とまった。

助手席の窓を開けて、亀井が、

「大丈夫ですか？」

と、大声で、きいた。

「大丈夫だ。すぐ追いつくから、先へ行ってくれ！」

と、十津川も、大声で、いった。

「ここで、待ちますよ」

と、亀井がいう。

「いや、先に行ってくれ。すぐ、追いつく！」

十津川は、怒鳴るように、いった。

それで、やっと、亀井たちのパトカーは走り出した。

それを見送ってから、十津川は、運転席の早苗に向って、

「私は、ここで降りる」

「え？」

びっくりした顔で、早苗がきく。

「君は、パーキングエリアに入り、彼女を降ろして、すぐ、走り去るんだ」

「なぜですか？」

「理由は、聞くな。それから、少なくとも三十分は戻ってくるな。他の連中にも、それを伝

えてくれ。私のことを心配して、ここに戻ってくるな。三十分は駄目だ。わかったな！」

十津川は、叱《しか》りつけるように、いった。

早苗の運転するパトカーが動きだすと同時に、十津川は、駆け出した。

その十津川を、パトカーが追い抜いて行く。パトカーは、パーキングエリアの奥に進み、とまる。

十津川は、歩きながら、背広の下におさめた拳銃に触った。めったに拳銃を使ったことはないのだが、今回は、使わざるを得なくなるかもしれない。

とまったパトカーから、中尾祐子が、降りるのが見えた。

パトカーが、走り去る。

中尾祐子は、戸惑いと不安の入り混じった顔で、周囲を見廻している。

十津川も、立ち止まって、同じように周囲を見廻した。

黒木は、このEパーキングエリアに、まっすぐにやってきて、すぐ、中尾祐子を降ろして立ち去れと、指示してきたという。厚木インターチェンジから、このEパーキングエリアまで、十五分で来られるはずだともいったという。

と、いうことは、黒木が、先廻りして、このEパーキングエリアで待ち伏せているということではないのか。

駐車場には、五台のトラックと、四台の乗用車、それに、タクシーが、一台、駐《とま》っていた。

タクシーは、運転席に、帽子をかぶった運転手はいたが、トラックや乗用車は、誰も乗っていなかった。

このパーキングエリアには、軽食のとれるレストランと、それに接続した休憩室がある。

それに、自動販売機が並び、トイレもある。

レストランでは、五、六人が、ラーメンや、ライスカレーを食べたり、コーヒーを飲んだりしている。

休憩室で煙草を吸ったり、缶コーヒーを飲んだりしている男たちは、多分、トラックの運転手たちだろう。

自動販売機で、煙草を買っている男が一人。

十津川は、素早く、彼らを見廻した。その中に、黒木の顔も、花井えりかの顔もなかった。

黒木は、まだ、ここに来ていないのだろうか？

いや、そんなはずはない。ここで降ろされた中尾祐子が、どんな行動をとるか、黒木たちにもわからないに違いないからである。

（おかしいな？）

と、十津川が首をかしげた時、中尾祐子が、駐っているタクシーのところに近寄って行くのが見えた。

ここは、東名高速のパーキングエリアである。歩いて、どこかへ行くというわけにはいかのだろう。

ない。だから、たまたま、駐っていたタクシーに乗って、近くの駅にでも行くことを考えた

(断られるな)

と、十津川が思ったのは、そのタクシーが、沼津《ぬまづ》ナンバーだったからである。

恐らく、このタクシーは、客を沼津から乗せてきて、ここまで来たとき、客がトイレに行きたいとか、何か食べたくなった、飲みたくなったというので、このパーキングエリアに寄ったに違いない。

だから、運転手が客を待っているのだろうと、十津川は、思ったのである。

だが、後部のドアが開き、中尾祐子が乗り込んだではないか。

(おかしいぞ)

と、思った瞬間、十津川は、そのタクシーに向って、駆け出していた。

タクシーは、エンジンをかけ、運転手が、ちらりと、こちらを見た。

(黒木だ!)

と、十津川の眼が光る。

「とまれ!」

と、十津川は叫んだ。

それを無視して、タクシーが走り出した。

十津川は、拳銃を取り出し、タクシーのタイヤに向けて、射った。

一発、二発と、外れてしまう。三発目が、やっと、右後方のタイヤに命中した。

とたんに、タクシーは、ハンドルを取られたのか、駐車している長距離トラックに車体をぶつけた。が、それでも、停車しようとはせず、車体をトラックにこすりつけながら、なおも、走る。

十津川は、もう一発、射った。今度は、左側の後方タイヤに命中した。

銃声を聞いて、レストランなどから、人々が飛び出して来た。

十津川は、彼らに向って、警察手帳を示して、

「警察だ！　退《さが》っていてください！」

と、怒鳴った。

タクシーは、また、別のトラックにぶつかっていた。今度は、フロントをぶつけてしまい、動かなくなった。

黒木は、拳銃を片手に持ち、リア・シートから、中尾祐子を引きずり出した。

「それ以上、近づくと、こいつを殺すぞ！」

と、黒木は、十津川に向って、わめいた。

十津川は、立ち止った。

「もう、諦めろ」

と、十津川は、黒木に向って、声をかけた。

「嫌だ！」

と、黒木が叫ぶ。

「これ以上、人を殺すのは止めるんだ」

「おれは、やりたいことをやる」

「松山夫婦の仇討ちなら、もう、十分やったろう」

「この女は、殺さなければ、ならないんだ」

「私は、警官だ。そんなことを許すわけにはいかないんだ。諦めろ」

と、十津川はいった。

「おれは、刑事のあんたを殺す気はない。だから、放っておいてくれ」

と、黒木はいった。彼の右手の拳銃は、相変らず、祐子の頭に押しつけられたままだ。

「放っておけないと、いったはずだ」

「そんなことをすれば、人質が死ぬことになるぞ」

「君は、自分のやっていることが、正義だと信じているんだろう？　それなのに、五歳の子供を人質にとって、恥しくないのか」

と、十津川はいった。

十津川は、喋りながら、黒木は、どうやって、花井えりかに連絡するのだろうかと、必死に考えていた。

彼女は、離れた場所にいて、亀井刑事の娘を監禁しているに違いないのだ。黒木からの連絡が、何分か、何時間か無い場合は、亀井刑事の娘を殺すことになっているのだろうか？

しかし、そんなに簡単に、五歳の子供を殺せるものではないだろう。

黒木に、「殺せ！」と命令されて、はじめて殺せるのではないだろうか？

と、すれば、黒木が、電話で指示を与えることになっているはずだ。いいかえれば、花井えりかは、どこかで、じっと、黒木からの電話を待っていることになる。

黒木の背広のポケットが、大きく、ふくらんでいる。

（あそこに、携帯電話が入っているのではないのか？）

それを使って、連絡する気なのではないか。

黒木は、いらだったように、中尾祐子の身体を抱えたまま、じりじりと後ずさりし始めた。

そのまま、一台のトラックの横まで後ずさりすると、

「このトラックの運転手はいないか？　いたら、車のキーをよこせ！　さもないと、この車を、蜂《はち》の巣にしてやるぞ！」

と、大声で、叫んだ。

名乗り出てくる者がいないと、黒木は、いきなり、宙に向って、拳銃を発射した。

怖々《こわごわ》、のぞいていた人たちの間から、悲鳴に似た声が、あがった。

十津川は、じっと、黒木を見すえていた。

その視界に、ふいに、北条早苗の姿が入った。

2

彼女は、心配になって、戻ってきたのだ。ここは、上り車線のパーキングエリアだから、車で引き返しては来られなかったろう。と、すると、パトカーを途中でとめ、徒歩で戻ってきたのか。

当然、亀井たちも、戻って来るだろう。

早苗は、トラックの反対側から、じりじり、黒木に近づいて行く。十津川のところからでも、彼女が緊張し、青い顔になっているのが、わかった。

十津川も、一歩、二歩と黒木に近づいた。

「近づくな！　近づいたら、この女を殺すぞ！」

と、黒木が、ヒステリックに叫ぶ。

「もう、諦めろ！」

と、十津川が、大声で、いい返す。

「くそ！　このトラックのキーをよこせ！」

と、黒木は叫び、もう一度、宙に向けて、拳銃を発射したとき、早苗が、背後から飛びかかった。

十津川も、黒木の傍に殺到した。

十津川は、手に持った拳銃で、よろめいた黒木を殴りつけた。

黒木の手にしていた拳銃が、宙に飛んだ。

彼は、必死に、十津川をはねのけ、ポケットから携帯電話を取り出した。

十津川は、もう一度、飛びついて、その携帯電話を奪い取った。

亀井たちも、その時になって、一斉にEパーキングエリアに駆け込んできて、黒木を押さ
えつけ、手錠をかけた。

突然、十津川の持った携帯電話が鳴った。

十津川は、わざと、亀井たちから離れた場所まで歩いて行き、受信のボタンを押した。

――もし、もし
と、いう女の声が聞こえた。

「おれだ」

と、十津川は、黒木の声をまねて応じたが、相手は、

――声が、違うわ。誰なの？

と、きく。十津川は、仕方なく、

「捜査一課の十津川だ」

――彼は、捕まったの？

「今、逮捕した」

――すぐ、釈放して。さもないと、人質を殺すわよ
「君には、子供を殺すなんて、出来やしない」

――いいえ。彼のためなら、誰だって、殺せるわ
と、相手は、きっぱりと、いった。

「わかった。だが、黒木の釈放は、出来ない」

――それでは、人質が死んでもいいのね？

「私としても、五歳の子供は、死なせたくはない」

――じゃあ、すぐ、彼を釈放しなさい。そうすれば、何時間後かに、子供を解放するわ
「それは、無理だ。私は、君を信用できない」

――私だって、警察を信用してないわ
「それなら、黒木と、子供を引きかえにしよう。その取引きなら応じてもいい」

――どうすればいいの？

「今、君は、東京にいるんだろう？」

――知らないわ

「東京のどことはきかないよ」

——東京にいるわ

「それなら、われわれも、これから、黒木を連れて、東京に戻る。一時間もあれば、東京に戻れるから、一時間したら、この携帯電話にかけてくれ。その時に、取引きの話し合いをしたい」

——わかったわ。下手な細工はしないでね

「人間の命が、かかってるんだ。そんなことはしない」

と、いって、十津川が電話を切った時、亀井が、緊張した顔で傍に寄ってきた。

「今、黒木にききました。私の娘が、人質に取られているそうですね」

と、亀井がいった。

「そうなんだ」

と、十津川は肯いた。

「娘のために、犯人と取引きはしないで下さい」

と、亀井はいった。

「とにかく、東京に戻ろう」

と、十津川はいった。

パトカーをとめてある場所まで歩き、十津川たちは、黒木や、中尾祐子と乗り込んで、出発した。

その車の中で、十津川は、亀井に、

「娘さんは、今のところ、無事だよ」

と、いった。

「そうですか」

と、亀井はいい、小さく溜息をついた。

「あと一時間したら、この携帯電話に、花井えりかがかけてくる」

「取引きはしないで下さい」

と、亀井は、また、いった。

(無理しなさんなよ。カメさん)

と、十津川はいいたかった。が、それは、口に呑《の》み込んで、

「わかっている。少し、黒木と話をしたいので、席を移りたい」

と、亀井にいった。

亀井が車をとめ、十津川は、リア・シートに移った。

再び走り出した車の中で、十津川は、黒木に向って、

「さっき、君のことを心配して、花井えりかさんが電話してきた。君を釈放しなければ、人質を殺すといっていた。彼女は本気だな」

「そういう女なんだ」

と、黒木は微笑した。

「だが、警察は、取引きは出来ない」

「――」

「君たちは、松山夫婦の仇討ちということで、これまでに三人の男女を殺している。花井えりかも、その中の誰かを殺したのか？」

「いや、殺しは、全部、おれがやった。彼女は、連中を呼び出すのを、手伝ってくれたりしただけだ」

と、黒木はいった。

「それを聞いて、ほっとしたよ」

「何がだ？」

と、黒木は、眉を寄せて、きいた。

「君を逃がすわけにはいかないが、彼女だけなら、逃がしてやることは出来ると思ったからだよ」

「――」

「彼女に、金は、渡してあるんだろう？」

「ああ」

「彼女が、その金を使って、何処へ逃げようと、警察は追わない。それを約束してもいい」

と、十津川はいった。

黒木は、黙って、疑わしげに十津川を見ている。

「ただし、人質を釈放したらだ」

「人質を釈放したら、すぐ、追いかけるんじゃないのか？」

「そんなことはしない」

「警察は、信用できないな」

「それなら、こうすればいい。彼女が、十分に逃げてから、私に電話して、人質が何処にいるか知らせればいいんじゃないか」

「海外へ逃げてもいいのか？」

「もちろん、構わないよ。空港に張り込むようなことはしない」

と、十津川はいった。

「そして、永久に、彼女を追ったりしないと、約束するのか？」

「ああ、そうだ。その代り、もし、人質が死んでいたら、警察の全力をあげて、たとえ、海外に逃げていようと、探し出して捕える」

と、十津川は、力を籠《こ》めて、いった。

「もう一つ、約束してもらいたいことがある」

と、黒木はいった。

「どんなことだ？」

「中尾祐子は、どうなるんだ。あの女は、他の三人と共謀して、松山夫婦を殺したんだ」

「わかっているよ」

「どうするんだ」

「松山夫婦は、心中したことになっているが、殺人の疑いがある。だから、再調査して、彼女が殺人に関係していれば、逮捕して、起訴するよ」

「約束出来るのか？」

「それが、刑事としての私の義務だからな」

と、十津川はいった。

そのあと、黒木は、じっと考え込んでいたが、

「おれは、どうしたらいい？」

「花井えりかに電話して、彼女を説得しろ」

と、十津川はいった。

「それなら、しばらく、ひとりにしてくれ」

と、黒木はいった。

十津川は、運転席の亀井に、車をとめてくれといい、黒木に携帯電話を渡すと、車のキー

を抜いて、二人は外に出た。

3

黒木は、手錠のかかった手で携帯電話を使い、何か、かたい表情で話していた。二十分も、かけていただろうか。彼が、閉めていたガラス窓を叩いたので、十津川と亀井は、車内に戻った。

亀井が車をスタートさせてから、十津川は、黒木に、

「どうだった？」

と、きいた。

「何とか、説得したよ」

と、黒木はいった。

「それは、よかった。いつ、人質は解放するといっていたね？」

「今夜の午後九時に、あんたに電話するといっていた」

「午後九時か」

「そうだ」

「その時刻なら、彼女は、もう、海外へ逃げているだろうな」

「空港には、刑事をやらない約束だぞ」

と、黒木はいった。

十津川は、微笑して、

「もちろん、そんな真似はしないよ。彼女を追跡することもしない」

と、いった。

東京に戻ると、十津川は、逮捕した黒木を連れて、本多捜査一課長と三上刑事部長に報告に出頭した。

「それで、亀井刑事の娘さんは、どうなったんだ？」

と、三上部長がきいた。

「午後九時になれば、解放されます」

と、十津川はいった。

「午後九時というのは、どういうことなんだ？」

「とにかく、午後九時まで、待って下さい」

「妙な取引きをしたんじゃあるまいな？」

と、三上がきいた。

「していません。するとすれば、黒木の釈放ということでしょうが、彼は留置して、すぐ、訊問を始めます」

と、十津川はいった。

「黒木の共犯の花井えりかという女は、どうしたんだ？　彼女が、亀井刑事の娘さんを監禁しているんじゃないのか？」

と、本多がきく。

「とにかく、人質の無事解放が、第一です。それが、すんでから、説明します」

と、十津川はいった。

午後九時、きっかりに、十津川に電話が入った。

女の声で、

「三鷹《みたか》市下連雀《しもれんじやく》×丁目のRマンション502号室」

とだけ、いって、切ってしまった。

十津川は、すぐ、亀井と西本の二人を、三鷹市に急行させた。

四十分後、無事、亀井の娘、マユミが、救出されたという電話があった。2DKの部屋の奥に、縛られ、転がされていたが、元気だったという。

早速、三上部長は、

「これで、安心して、花井えりかを追いかけられるな。すぐ、手配して、彼女を逮捕してくれ」

と、十津川に指示した。

「もちろん、すぐやりますが、難しいと思いますよ」

と、十津川はいった。

「なぜだ？」

「午後九時になって、人質を解放したのは、今、考えますと、海外へ逃亡するための時間かせぎではないかと思うのです。これが、当っていますと、花井えりかを逮捕するのは、難しいと思われます」

と、十津川はいった。

＊　＊　＊

十津川の予言通り、花井えりかの行方は、つかめないまま、時間が過ぎていった。

その間に、黒木は、三人の男女に対する殺人、一人の女に対する殺人未遂、そして、亀井マユミに対する誘拐の容疑で、起訴された。

一方、十津川の進言が入れられて、松山夫婦の心中事件は見直され、新潟県警で再調査が始まった。

三カ月後、黒木に対して、死刑の判決が下された。弁護士は上訴することを勧めたが、黒木は、それを拒否した。

同じ日の夜、奥多摩《おくたま》で、青酸カリを服毒して、自殺している花井えりかが、発見された。

その知らせを受けた時、亀井が、十津川に向って、

「ひょっとして、警部は、この結果を予想しておられたんじゃありませんか？」

と、きいた。

十津川が黙っていると、亀井は、言葉を続けて、

「黒木と、花井えりかは、人一倍、激しく愛し合っていた男と女です。彼女は、黒木のためなら、殺人だって、いとわない女だった。そんな女が、恋人が警察に逮捕されたのに、一人で、海外に逃亡するはずがないんです。考えてみれば、警部は、それが、わかっておられたんじゃありませんか？　だから、あんな約束を黒木にしたんじゃないんですか？　そして、黒木が死刑の判決を受ければ、えりかが、自殺するだろうことも」

と、いった。

十津川は、それには答えず、

「これから、一緒に奥多摩へ行って、花井えりかの死んだ場所に、花束を捧《ささ》げてくれないか」

と、いった。

解説

中辻《なかつじ》理夫《りお》
（文芸書評家）

西村京太郎は作家キャリアを始動した当時、コーネル・ウールリッチ（別名ウィリアム・アイリッシュ）のファンであると明言した。一九六三年、短編「歪んだ朝」がオール讀物推理小説新人賞を受賞したときのことだ。同作が掲載された『オール讀物』誌に寄せた一文「嬉しさでいっぱい」の中で〈「幻の女」や「暁の死線」を読んだ時の感動は、忘れられません〉と書いているのだ。なるほど、多くの読者から支持され続けている西村作品の面白さは、この偉大なるサスペンスの巨匠から影響を受けて鋳造されてきたようだ。もちろん、受賞から四十年以上を経た今、十津川警部を主人公に配した西村トラベル・ミステリーの独創性は確立されている。しかしながら、気を付けて読んでいくと、たとえば本書『特急「しなの21号」殺人事件』（一九九五年発表）にも、ウールリッチ作品と共通する要素がちりばめられていると実感できるのだ。なぜ、西村作品は面白いのか。秘密を解き明かすうえで、ウールリッチ作品との比較は、大いに役立つことだろう。

西村ファンが必ずしもウールリッチ・ファンとは限らないので、この作家について、いくらか説明を加えさせていただきたい。一九〇三年、ニューヨークに生まれた彼は、二十代の若さで作家デビューを果たし、一九二〇年代はF・スコット・フィッツジェラルドの世界を彷彿させる、都会的な普通小説を書いていた。しかし三四年以降、多くの雑誌にミステリー短編を続々と発表。四〇年、初のミステリー長編『黒衣の花嫁』（原題＝The Bride Wore Black）を刊行したあと、『黒い天使』（The Black Angel、一九四三）、『喪服のランデヴー』（Rendezvous in Black、一九四八）など、タイトルにブラックを冠した〝黒のシリーズ〟長編を上梓していく。合い間に別ペンネーム、ウィリアム・アイリッシュ名義で、西村が格別の愛着を持つ『幻の女』（一九四二）、『暁の死線』（一九四四）なども出し、いずれも好評を博した。ここ日本では第二次大戦後、翻訳輸入が進み、やはり多くの読者を魅了し、いまだ新しいファンを増やし続けている。

さて、トラベル・ミステリーで人気作家の地位を築いた西村だが、初期作品は、積極的にシリアスな差別問題などを取り上げる社会派の要素が濃いものであった。第一長編『四つの終止符』（一九六四）、そして第二長編かつ第十一回江戸川乱歩賞受賞作『天使の傷痕』（一九六五）が代表例である。興味深いのは、これらの作品に社会告発の力強さがみなぎる一方、弱き者に共感する作者の姿勢、さらには女性登場人物の内面へ深く入り込む手法によって、哀切きわまりない世界が浮かび上がってくるところだ。何ともウールリッチ的なのである。

ウールリッチの描く女性はしばしば、信念を貫徹するため、強靱な行動力を発揮する。とは言っても、そのキャラクター造形は、女性ハードボイルドの枠組みで捉え切れるものではない。たとえば『黒い天使』の主人公・アルバータ。彼女は元々、どこにでもいそうな専業主婦であるが、夫の殺人冤罪を晴らすため、真犯人の疑いがある四人の男たちに次々と近付き、探りを入れていく。それは確かに探偵的な行動なのだけれど、再び夫を我が手に取り戻したい焦燥感に駆られ、勢い、四人の男たちを破滅へ向かわせてしまうのだ。まさにブラックとしか呼びようがない、暗黒の精神世界が彼女のエネルギーに炎をたぎらせている。『幻の女』のキャロルは恋人の冤罪を晴らしたい一念で、嘘の証言をしている男に食い下がって追い詰めていくし、『暁の死線』のブリッキーは、ニューヨークでのダンサー稼業で疲れ果てているものの、同郷出身の青年と一緒に都会から離れるため、彼が巻き込まれた殺人事件を解決しようと必死の探偵ぶりを発揮する。

彼女たちの行動力は、女性特有の母性、幸福追求の揺るぎない信念に裏打ちされている。しかも、いずれの作品もタイム・リミット・ジャンルの側面（『幻の女』であれば、恋人の死刑執行日までに真犯人を見つけ出さなければいけない）を持っており、サスペンス度が尋常ではないのだ。

ウールリッチならではの作品世界と、西村初期長編を比較してみよう。前掲『四つの終止符』は、聾者《ろうしゃ》差別を全面に取り扱っている。耳の不自由な青年・晋一が、心臓病で寝たきりの老母を毒殺した疑いを掛けられる。薬局で購入し、母にあげた栄養剤に砒素が混じっていたのだ。謎解きに乗り出すのが、東京の場末、大衆酒場でホステスをやっている三十過ぎの独身女性、時枝である。面白いのは、当初、彼女は積極的に事件の洗い直しをしたい、と思っていないところだ。店の同僚で二十歳になったばかりの幸子が、晋一を救おうと躍起になって聞き込みを続けるのに付き合っているうち、そのひたむきさに心打たれ、時枝自身も率先して行動するようになる。

幸子はかつて十代の頃、耳の不自由な弟に冷たく接したあげく、死なせてしまった苦い経験を持っている。弟が周囲の子供たちからいじめられても、守ってあげようとはしなかった。いじめを回避するため線路の上を歩き学校へ向かっていた弟は、背後から迫ってくる電車に気付かず、はねられたのだ。償いの気持ちから、幸子は晋一の無実を晴らそうとする。が、取調べをする刑事たちに上手く自己表現できない晋一は、絶望のあまり留置場で自殺する。

弟を助けられなかったのに続き、晋一を救えなかったことに打ちのめされ、幸子もまた入水自殺してしまう。この徹底した、無慈悲な状況悪化によって、胸内をかきむしられる時枝のエモーションが燃え上がるのである。無論、独力で捜査することは難しいので、新聞記者・古賀と行動をともにする。そして、別の容疑者が浮上してきたと思ったら、その人物もまた死を迎える。まことに救いのない展開なのだが、この物語世界は、ウールリッチが得意とした、畳み掛けるような勢いを伴う絶望エピソードの連続、そこへ果敢に挑んでいく女性主人公の行動という点で、明らかにつながっているのだ。

弱き者への共感を抱く主人公の温かな眼差し、しかしながら、捜査のプロセスで弱者の人生に肉迫することによって渦巻いてくる情動、そして、連続する死がもたらすサスペンスフルな極限状況。これらが初期長編で、すでに完成されており、同じ特性は十津川警部シリーズでも充分に息づいていると思う。

本書『特急「しなの21号」殺人事件』を見てみよう。五月、東京の井の頭公園で男の刺殺死体が発見される。長野県・善光寺のおみくじが洋服のポケットに入っていた。中身は凶。〈北東は危険、注意〉と書かれている。普通、凶のおみくじなど捨ててしまう人が多いのに、所持していたのは不可解だ。被害者は、三月まで銀行勤めをしていた河野久志である。女好きで、借金もあった河野は在職中、仕事熱心な男ではなかったが、退職時には急に羽振りが良くなり、スポーツカーを乗り回し毎晩のように飲み歩いていた。井の頭公園は、河野の自宅マンションからまさに北東の位置にある。間もなく、名古屋駅発、長野行の特急「しなの21号」の座席で青酸中毒による牧原麻美の死体が見つかる。ハンドバッグに〈北西は危険〉と書かれた凶のおみくじが入っていた。そして彼女も、素人に毛の生えた程度のインテリア・デザイナーであるのに、都内で家賃月二十五万円の部屋に住み、ブランド品で着飾る贅沢を維持できていたのである。

十津川警部と亀井刑事は長野県警と協力して捜査を進めていく。河野の自宅に麻美の名刺が残されていたので、生前に接点があると思われるが、どのような関係だったのかは分からない。二人に対し共通の恨みを抱いている同一犯人が殺害後、凶のおみくじを死体に添えたのではなかろうか？　十津川たちが推理を進める最中、何者かが〈南東は危険〉と書かれた凶のおみくじと、殺人予告文を新聞社に郵送し、メディアを使った挑戦を警察に仕掛けてくる。十津川の部下である西本、三田村たちレギュラー・メンバーは三人目の殺害を防ぐため、河野と麻美の知人に話を聞くことで手掛かりをつかもうとする。この、何者か得体の知れない犯罪者と十津川たち警察側の間で交わされる攻防戦が、西村トラベル・ミステリーでしばしば描かれる魅力的なストーリー展開であり、いやが上にもサスペンス度は高まってくる。ミッシング・リンクものの犯人捜しでありつつ、善悪の構図を明確にしたハイテンポな対決ストーリーでもあるのだ。

そして、評判の悪い経営コンサルタント・堀永一が野沢温泉の路地で殺され、三人目の犠牲者となってしまう。衣類に凶のおみくじが残されていること、にわかに羽振りの良くなった点が前の被害者と共通している。十津川たちの調べで、堀が都内に住まいを持っているのにもかかわらず、二月のわずか十七日間だけ、新潟県内のマンションを借り、一時的に喫茶店を開いていたことが判明する。今回の被害者たちは、何かしら共謀して犯罪をはたらいたのではなかろうか？　結果、被害を受けた者から逆に殺されたのではないか。

ストーリー後半で明らかとなる連続殺人犯の犯行動機に、社会のメインストリームから外れた者の怨念が渦巻いていること、そして、初期作品と同様、激情に駆られた女性の存在が浮上してくるところに留意していただきたい。そう言えばレギュラー刑事の一人、北条早苗は、まさにウールリッチ作品に登場するひたむきな女性の分身として、作者が好んで登場させているようにも思える。初期作品に見られた声高な社会告発の態度は薄れたものの、根底の作家性は、変わっていないのだ。つまり西村京太郎は、初志を貫き通している。信頼のできる作家なのである。

一九九五年二月　トクマ・ノベルズ（徳間書店）刊
一九九八年十月　徳間文庫（徳間書店）刊

光文社文庫

長編推理小説

特急《とっきゅう》「しなの21号《ごう》」殺人《さつじん》事件《じけん》

著 者　西《にし》村《むら》京《きょう》太《た》郎《ろう》

2005年8月20日　初版1刷発行

発行者　篠　原　睦　子
印　刷　大　日　本　印　刷
製　本　D　N　P　製　本

発行所　株式会社　光　文　社
〒112-8011 東京都文京区音羽1-16-6
電話 (03)5395-8149 編集部
8114 販売部
8125 業務部
振替 00160-3-115347

落丁本・乱丁本は業務部にご連絡くだされば、お取替えいたします。
ISBN4-334-73920-2 Printed in Japan

お願い　光文社文庫をお読みになって、いかがでございましたか。「読後の感想」を編集部あてに、ぜひお送りください。

このほか光文社文庫では、どんな本をお読みになりましたか。これから、どういう本をご希望ですか。

どの本も、誤植がないようつとめていますが、もしお気づきの点がございましたら、お教えください。ご職業、ご年齢などもお書きそえいただければ幸いです。当社の規定により本来の目的以外に使用せず、大切に扱わせていただきます。

光文社文庫編集部